人生之书

『四大名著』的大叙事

李明晖 著

中国戏剧出版社
CHINA THEATRE PRESS

图书在版编目（CIP）数据

人生之书："四大名著"的大叙事 / 李明晖著. --
北京：中国戏剧出版社，2023.6
ISBN 978-7-104-05348-4

Ⅰ.①人… Ⅱ.①李… Ⅲ.①章回小说-小说研究-
中国-明清时代 Ⅳ.①I207.41

中国国家版本馆 CIP 数据核字（2023）第 098127 号

人生之书
"四大名著"的大叙事

责任编辑：邢俊华
责任印制：冯志强

出版发行：中国戏剧出版社
出 版 人：樊国宾
社　　址：北京市西城区天宁寺前街 2 号国家音乐产业基地 L 座
邮　　编：100055
网　　址：www.theatrebook.cn
电　　话：010-63385980（总编室）　010-63381560（发行部）
传　　真：010-63381560

读者服务：010-63381560
邮购地址：北京市西城区天宁寺前街 2 号国家音乐产业基地 L 座

印　　刷：北京鑫益晖印刷有限公司
开　　本：787mm×1092mm 1/32
印　　张：7.25
字　　数：133 千字
版　　次：2023 年 6 月　北京第 1 版第 1 次印刷
书　　号：ISBN 978-7-104-05348-4
定　　价：68.00 元

版权专有，违者必究；如有质量问题，请与出版社联系调换。

本书由吉林大学"优青培养计划"和悟空华易(吉林省)科技有限公司"通识教育全媒体微课研究与开发"项目资助出版。

目录

引文凡例 …………………………………… 1

这四部书为什么伟大？ …………………… 3
"四大名著"的名实之辩 ……………………… 5
"四大名著"这个词是怎么来的 ………… 6
"四大名著"与人生的四阶段 …………… 10
"四大名著"与人生的四境界 …………… 11
"四大名著"与人生的四领域 …………… 16
大叙事 ……………………………………… 18
大叙事之"处世" ………………………… 20
大叙事之"格局" ………………………… 23
大叙事之"历史" ………………………… 27
大叙事之"心性" ………………………… 31
情怀与妙赏 ……………………………… 38

群雄逐鹿：《三国演义》 ………………… 41
从"子午谷奇谋"说起 …………………… 43

空城计的博弈论 ······ 51
智谋与智慧 ······ 61
乱世的另一种智慧 ······ 63
历史的大势 ······ 67
浪花淘尽英雄，一樽还酹江月 ······ 73

快意恩仇：《水浒传》 ······ 75
市井与江湖 ······ 77
 紫石街连环杀人事件：市井乱象 ······ 78
 黑店·野猪林·快活林：江湖地狱 ······ 89
名行天下 ······ 95
 宋江的刺配"奇遇记" ······ 95
 宋江的谜底 ······ 100
 "呼群保义"：水浒之魂 ······ 106
征夫怀远路，谈笑看吴钩 ······ 108

传情入色：《红楼梦》 ······ 111
楼外风光 ······ 113
 "双悬日月照乾坤"真有惊人秘密吗？
 ······ 113
 若隐若现长白山 ······ 119
 运用之妙，存乎一心 ······ 122
情　榜 ······ 124
 "情情"与"情不情" ······ 124

难逃的红尘 ·················· 126
　　淤泥红莲尤三姐 ················ 127
　　曹雪芹心中竟有众生之情 ············ 129
　"好"与"了" ··················· 131
　　真富贵在灯火阑珊处 ·············· 131
　　"兰桂齐芳"与"白茫茫大地" ·········· 134
　问世间、情为何物，一任俺、芒鞋破钵 ········ 137

造化会元：《西游记》 ················ 141
　童心大道 ····················· 143
　自由：正—反—合 ················· 158
　欲知造化会元功，云在青天水在瓶 ·········· 168

天下便无不可读之书 ················ 171
　文本细读 ····················· 174
　人类处境 ····················· 182
　终极关怀 ····················· 189

书　余 ······················ 191
　推荐四本"大家小书" ················ 193
　　吕思勉的《三国史话》 ············· 194
　　陈洪、孙勇进的《漫说水浒》 ·········· 197
　　王国维的《红楼梦评论》 ············ 199
　　林庚的《西游记漫话》 ············· 201

"四大名著"的版本 …………… 204
《三国演义》 …………… 207
《水浒传》 …………… 208
《西游记》 …………… 213
《红楼梦》 …………… 215

引文凡例

1. 本书引"四大名著"文字所据的主要版本为人民文学出版社"中国古典文学读本丛书"本,另外参考以下三种评点本之处较多:毛宗岗批评本《三国演义》(岳麓书社简体双色横排本)、金圣叹批评本《水浒传》(岳麓书社简体双色横排本)、脂砚斋批评本《红楼梦》(人民文学出版社影印版)。"四大名著"普及本所在多有,电子版、纸质版,读者都随手可得,因此本书引用时不再标注特定印本的页码,只标注回目,读者自可在手头的任意版本中查检;《红楼梦》诸版本间有些回题词句大歧,但回之起止却大致一样,故引述时只标回序。

2. 所据版本中表示"剩下、其他"意思的"余"(如"余人""余下的"等)有写作"馀"的,这是古籍简体字化时常见的一种处理方式,为的是区别于文言文第一人称代词"余",但考虑到这四部白话小说中罕见以"余"作为第一人称代词,读者随文即可辨意,所以本书引用时一律按照简化字规范写作"余"。

3. 古书原无标点,至多有"句读";小说一回之中诗词之外也不分段。现代标点符号和自然段划分都是五四以后的整理者们各自酌定的。本书引用原著时,标点、分段亦有斟酌己意处。

4. 古代汉语无"她"字,白话小说中男女第三人称皆写作"他";表示"反而""反倒"的"倒"字均写作"到",与"到达""到来"之"到"不分;表疑问或泛指的"哪"写作"那"。如此类者,引用时皆仍其旧。

5. 古代汉语中凡是热水都可称为"汤",不专指加水熬制的食品、饮品。《水浒传》中此用法极多,希读者读引文时留意。

这四部书为什么伟大?

"四大名著"的名实之辩

我们这本书谈论的是"四大名著","四大名著"是个约定俗成的说法,今天的中国人一说"四大名著",都知道是"三国、水浒、西游、红楼",也就是《三国演义》《水浒传》《西游记》《红楼梦》这四部书。其实仔细想想,古今中外的名著那么多,唯独这四部书堪称"四大"?恐怕不是。较起真儿来,我们得给"四大名著"四个字添许多定语。

首先,得添上"文学"两个字,不然,从《论语》到《圣经》,从《史记》到《论法的精神》,名气和影响不比这四部书小的,可就太多了。其次,得添上"中国"两个字,我们总不能说荷马史诗、莎士比亚的戏剧、巴尔扎克的"人间喜剧"等,就一概不如这四部书吧。再次,还得添上"古典"两个字,在中国的近代之后,还有《阿Q正传》《雷雨》《骆驼祥子》《创业史》《平凡的世界》等许多文学名著,岂是古人独美于前。好了,"中国古典文学四大名著",这么说可以了吧?事实上,今天很多书,甚至很多教科书都是用的这个概念。但是,等一等,这么说还是有问题的,最后,还必须得添上两个字:"小说"。

因为在中国古典文学的主流中,古文、骈文、诗、词的地位,都高于小说,历代正史的"文苑传"里,都不会给小说家立传。而在俗文学中,戏曲的成就和影响也不逊于小说。那么,我们说"中国古典文学四大名著",却只列四部小说,就不符合历史事实了。这四部书,是在中国古典文学的小说这一个文体中傲视群雄,堪称"四大"。既然小说是文学的一支,是"小说"就必是"文学",那我们就可省去"文学"而代以"小说",又为再严谨一些起见,标明是"长篇小说",所以,这"四大名著"的准确全称,应该是:"中国古典长篇小说四大名著"。

随后的问题自然就是:在那么多中国古典长篇小说中,这四部小说是怎么尊为"四大名著"的呢?这里有一个历史的演进过程。

"四大名著"这个词是怎么来的

中国长篇小说出版数量的第一个高峰是在明朝中后期,那时候城市经济繁荣,市民文化兴盛,从文坛巨擘到普通读书人、识字的商人,都有阅读和评议小说的浓厚兴趣,这时便有了"四大奇书"之说。

古代汉语中"奇"字固然可以作为赞语,如"雄奇""奇伟"之类,但其本义乃是与"正"对

这四部书为什么伟大？

言，不"正"的即是"奇"，小说之类与经史子集等"正书"对言，便是"奇书"了，所以这"四大奇书"也就是当时"奇书"中的前四名："三国"、"水浒"、"西游"①和《金瓶梅》。

从题材来看，这四部书也恰恰代表了"奇书"之"奇"。

《论语·述而》说："子不语怪力乱神。"这也成为几千年里正统文化的规范，儒生、正人君子是不应该多说这四个话题的。但是，"三国"的题材是"力"，以武力和智力争胜，大似孟子所谓"仲尼之徒"们无人谈论的"桓、文之事"（《孟子·梁惠王章句上》）；"水浒"讲"犯上作乱"，在正统观念看来是"诲盗"；"西游"讲神魔玄虚之事；《金瓶梅》肆谈床笫之事、败坏之行，是另一种"乱"，也可称之为"怪"（《说文解字》解"怪"字为"异也"，也就是失常）。在明末流行的众多"奇书"之中这四部书出类拔萃，在"排行榜"的得票数居高不下。

你也看到了，这个"四大奇书"，和我们今天"四大名著"的区别，就在于《金瓶梅》和《红楼梦》的区别。有些人认为，这个变化的原因在于《金瓶梅》是禁书，所以坊间只得拿《红楼梦》代替

---

① 本节之所以用了"三国""水浒""西游"这样的表述，是因为明朝时这些书的书名不定，特别是《三国演义》一书，当时有"三国志通俗演义""三国志传"等诸多书名却并无"三国演义"之名。

了。这个说法是不能成立的,因为《水浒传》也是曾遭"将版与书一并尽行销毁"(《钦定吏部处分则例》卷三十)的禁书,而且《水浒传》在"禁毁书目"里的"资历"和"存在感"还大于《金瓶梅》,因为那时候很多地方的造反者以及法外暴力团体真的是将《水浒传》当"经书"用的,从头领名号到组织形式,从依托观念到行动策略,都模仿水泊梁山。那么,何至于偏偏《金瓶梅》失去了在读者口碑中的风光呢?

其实,当时的情况就是后出的《红楼梦》写得太好了,脍炙人口,又恰好和《金瓶梅》"撞了款",自然就冲击了四部奇书中这部题材相近而相形失色的《金瓶梅》。当然,今天又有作家与教授说《金瓶梅》好于《红楼梦》,但那是依照另一个标准,不能拿来解释历史中的现象了。

但也正因为《红楼梦》写得太好,以至于很长时间里其实人们并不太将它和"三国""水浒""西游"并举,而且对于清朝人来说,那三部书是"前朝人"甚至"古人"写的,而《红楼梦》则是"本朝人"写的,用今天的话来说相当于"当代文学",所以从人的思维习惯上讲也不大会放在一起说。但终究是《红楼梦》的异军突起和那三部书的继续风行,为"四大名著"之说的正式成形做好了准备。

20世纪50年代,人民文学出版社邀请全国古典

这四部书为什么伟大？

文学研究的顶尖专家，共同编订历代文学名著的"读本"，此实为旷古之盛事。这套书的大致体例是诗词文章戏曲按照年代、体裁、作家出"选注本"（如《乐府诗选》《唐宋词简释》《元稹诗文选》等），长篇小说则出"整理本"。

为什么要出"整理本"呢？原来，小说的出版和流通在古代都是书商和读者做的。一部小说，会有许多书商各自刻板印刷，也会有一些读者各自手抄，所以每本名著的版本，都繁多而又混乱，且大都无标点，不符合现代人阅读的习惯。

民国时虽有一些标点整理本出现，有筚路蓝缕之功，但也都是出版公司与学者单独合作，眼界与功力都有些捉襟见肘的尴尬。人民文学出版社是以国家首席文学出版机构之力，汇聚最好的才智与文献资源，进行彻底的版本对勘与疑难研究，尽量形成最完整、最合于原貌、最便于阅读的读本（当时也称之为"普及读本"），真的是功在当代，利在千秋。此后，即便是为这些书的特定古代版本做简体字标点横排整理本的人，也必会以人民文学出版社这一版本作为案头参考。

当然，学无止境，古书的整理本也无"完美"的可能，当年的读本成果，迄今又曾进行过多次修订，今天和以后也还会再做修订。但修订也只是精益求精，基础已是稳固清朗的了。

而这件大工程首先开工的长篇小说整理，就选了《三国演义》《水浒传》《西游记》《红楼梦》这四部书。这正是我们前文说的评价史过程的自然延伸。这四部整理本的相继出版,自然成为当年文学界、文学研究界和文学爱好者们的盛宴。

此时这些书当然都已是"古人"的作品了,并列而言之也就是顺情顺理的事。大概是到了20世纪70年代,特指这四部长篇小说的"四大名著"一词在人们的笔端口头出现,随后正遇上思想解放带来的读书热潮、文化热潮、教育热潮,亿万中国人心中的"四大名著"就此稳固确立了。

从那时到现在,又过去了几十年,而且这几十年里,人们的生活环境、生活方式、思想情感等又发生了巨大的变化,很多那时文学界曾热烈追捧的中外作品,今天已乏人问津。可是,这"四大名著",却从数百年前到那时,从那时到今天,都有强劲的魅力。于是我们至此理应再追问一句:这四部书成为我们的"四大名著",最深层的原因究竟是什么呢?

我想,答案是:这四部书,恰好涵盖了人生的"完整世界"。无论读者知不知道、承不承认,他们都从这四部小说中读到了这个完整的世界。

"四大名著"与人生的四阶段

有一句俗话:"少不读西游,老不读三国",意思大概是小孩子本来就活泼好动、调皮不听话，再读了《西游记》，学起孙悟空来，那就淘得翻天了，而人老了本来就积累了很多经验和心计，再读了《三国演义》，看世界和人生的眼光会更世故。这俗话虽当不得真，却也藏了这两部小说的一丝真相：《西游记》能给孩子的心理"火上浇油"，而《三国演义》能给老年人的心理"火上浇油"，换言之，便是《西游记》近乎孩子的心理，《三国演义》近乎老年人的心理。的确如此，所以好读《三国演义》的年轻人往往少年老成，好读《西游记》的老年人往往童心不泯。

顺着这样的思路再来看看《红楼梦》，浪漫而孤傲，健朗而悲愁，近乎青春时代的心理；而《水浒传》呢，快意恩仇、豪情万丈，近乎青壮年的心理。

这样一来，这四部书就涵盖了人生完整的四个阶段：童年——《西游记》；青春——《红楼梦》；青壮年——《水浒传》；中老年——《三国演义》。

这一点，之前很多人都发现过、说过，所以本书就不多解释了，大家也一看就懂，但我们说"四大名著"涵盖了人生的"完整世界"，这"人生四阶段"的涵盖还只是最粗浅的一层。

"四大名著"与人生的四境界

关于人生的境界，冯友兰先生分为自然境界、功利境界、道德境界、天地境界，四者依次由低到高。冯友兰先生在此说的"自然境界"大致就是人纯粹的"生物本能"，人人都有，但不大会有人一生就止于此，所以我们在此不将其单独作为一个层次来说。而在道德境界与天地境界的接壤处，其实还可分出一"情感境界"，情感不囿于道德信条，但也不似天地境界之全然超越对立。分出这一境界之后，道德境界之中情感之外的领域便是"正义"，天地境界之中情感之外的领域便是"自由"。这样，人生的境界就可分为四个层次：功利境界、正义境界、情感境界、自由境界。

《三国演义》的主体是功利境界：群雄逐鹿，以力、智、人格魅力，在疆场、朝堂，争的都是实实在在的地盘、资源、权力。所谓建功立业，正是获得这些。固然，在小说的描述里，有人获得这些是救国救民（刘备、诸葛亮等），有人获得这些是祸国殃民（董卓、曹操等），是有正义与非正义之区别的，但正义一方也总须获得了这些才行；无论是谁的什么能力，毕竟得先体现于能够用来获得和保有这些"功利"，才有意义。何况，书中记叙的斗争纷繁复杂，像曹操与袁绍之间的斗争，司马家与曹家之间的斗争等，哪里还谈得上谁是正义，那么故事的精彩之处，就全然是实利的争夺了。所以，《三国演义》所呈现的智慧，是在现实中成功、获利的智慧，最集中的体现，就是计谋。

《水浒传》的主体是正义境界，这个境界和功利境界的区别是：在做的事无利可图、绝不合算的时候，也会去做，只求合于心中的正道或公义，即俗话所谓"不蒸馒头争口气，不吃麻花看那个劲儿"。史进本来是一个衣食无忧的小地主，他庇护少华山的头目们、弃家逃亡，得不到什么好处，却损失很大；鲁达是堂堂的提辖官，他如果想惩治郑屠、救济金家父女，有许多官场手法可以慢慢操作，而且从功利的角度看，或许继续做官、做更大的官，反而有"资源"救济远多于金家父女的人，但他的选择却是即刻自己动手锄强扶弱；武松当了都头，有钱、有威风，还有前途，但为了替兄报仇这些都可以放弃。从功利境界的角度看，正义境界或许太冲动；从正义境界的角度看，功利境界常常"不爽快"。《好汉歌》里唱的"路见不平一声吼，该出手时就出手"以及"生死之交一碗酒，你有我有全都有"，就是正义境界的生动诠释。

《红楼梦》的主体是情感境界，这个境界和正义境界的区别，就是行动之际心里多了很多犹豫，但这不是源于功业理想或利益权衡的犹豫，而是源于温情牵绊的犹豫。《水浒传》热闹火爆，而《红楼梦》繁华旖旎，这繁华旖旎之中正有着"情"的柔软维系。不爱读《红楼梦》的人觉得这书实在节奏太慢、情节太少；其实，书中情节并不少，准确地说，少的是主人公们的"大行动"，而之所以大行动少，便是因为情丝缕缕之中实在是不堪大动的，扯断哪一缕都不忍。情感世界里的是非不再那么生硬，或者说，当人真正感知到人间温情的时候，也就会忽然意识到自己心中的是非和别人心中的是非并不全然一样，理解、同情、宽容，都与正义一样可贵。所以，《红楼梦》感人的妙处是"人生自是有情痴"（语出欧阳修《玉楼春》）的深意，是那万丈红尘中的瓣瓣心香。

《西游记》的主体是自由境界，孙悟空是中国的自由之神，这部书"西天取经"的宏大叙事也超越了得失、超越了爱恨，师徒四人的旅程像是一场狂欢式的冒险——20世纪90年代很多公园、游乐场都建了"西游记宫"，用机械模型和声光技术，让游客体验书中场景，在紧张与尖叫中获得乐趣，其实是欧美嘉年华中"鬼屋"游戏最早的当代中国版本，即此也可以看出这部小说的"狂欢感"。皇权富贵、清规戒律、爱恨情仇、红尘温柔，在这里都不再沉重，读者的心神可以飞扬在这些肉身经验之上，纵情于想象世界，同做西游之人，共享游戏之乐。

当然，这四个境界不可能是截然分开的，无论在小说中还是在人生中都是如此。功利境界是基础，孙悟空也要有金箍棒，取经也要托钵化缘，贾宝玉的温柔旖旎离不开荣国府的富贵繁华，一百零八条好汉得有山、有马、有兵器、有酒肉。而即使在《三国演义》中，也有飘然尘外的水镜、孟节、左慈、普净。谁的一生也离不开这四个境界的追求，只是多寡取舍有别，而"四大名著"恰恰将这四个境界个个写到了极致。

"四大名著"：人生之书（孙伊琳绘）

"四大名著"与人生的四领域

从年岁看,人生有四个阶段;从心灵深度看,人生有四个境界;从生活广度看,则人生有四个领域:琐事领域、市井领域、事业领域、想象领域。琐事领域最窄,却也最切近,是每个人每天都离不开的吃饭穿衣、家长里短。市井领域大一点,有了交易成本和信用成本,须讲交情、讲规则。事业领域又大一点,须有像样的本领,须有清晰的愿景和执着的坚持。想象领域已是超出现实之外的人类生活,无边无际。人一生都必有自己的琐事领域和想象领域,这譬如一地一天,人就生活在这天地之中。在社会中生活着的人也总都有自己的"社会圈子",而且多少都有事业心。所以,人人都处于这四个领域之中。而"四大名著"的故事取材又正好覆盖了这四个领域。

《红楼梦》的故事,大多发生在琐事领域,荣、宁二府的日常生活,大观园里的欢乐哀伤,构成了全书的多数篇章。宋明儒者常说"日用是道",最琐碎平常的生活中有人生的深意,所以着力表现琐事领域的《红楼梦》也因曹雪芹的妙心慧笔而特具哲理。

《水浒传》的故事,特别是大聚义之前的故事,以市井领域为主,在这部书中,我们能看到古代的酒馆、旅店、茶铺、肉摊,河边柳下的买卖与畅饮,还有节庆日子的灯火游人。央视《水浒传》以表现街市繁华景象的《清明上河图》作为片花的底景，不只是因为这幅名画创作的年代和这部小说中标明的故事时间重叠，更是因为画中那热热闹闹、熙熙攘攘的人间烟火气，和这部小说给人们留下的印象接近。写市井故事，本是宋明话本、元代杂剧中的大宗，而"四大名著"之中，独以《水浒传》最得其真味。

《三国演义》的故事集中于事业领域，正所谓"丈夫处世兮立功名"（小说中周瑜唱的一句歌词，见第四十五回"三江口曹操折兵 群英会蒋干中计"）、"建功立业展雄才"（《这一拜》中的歌词），书中人物几乎每一个行动都是以事业为导向的。主人公们的视野与活动范围是"天下"，在一起谈论的常常是"天子"和"黎首"（"黎首"即"黎民""百姓"）。即便是家庭琐事，在《三国演义》中，也都能牵动天下大势，因为书中的家庭也都是这些乱世"英雄"的家庭。

《西游记》则纵横于想象领域，上天入地，谈玄说妙，洋洋洒洒地铺陈着一个虚拟的世界，从大闹天宫到唐僧出世，几百年的跨度弹指即过，而书中人物的"年龄"，动不动就是多少千岁。在小说中，这个虚拟世界深深揳入真实世界，从王侯将相到乡野小民的生活都卷进"神仙打架"之中，现实成为想象的"原料"，既在想象中存在，又在想象中变形。

这样，我们读"四大名著"，既能从时间中读到人生的全历程，又能从空间中读到人生的各境遇，既能从外在读到人世间的种种言谈举止、大事小情，又能从内在读到人世间的种种感受与心态，四部书恰好互有偏重地涵纳了我们每个人的人生宇宙，因此堪称"人生之书"。

大叙事

既然"四大名著"是人生之书，那么我们读"四大名著"也就是在读我们的人生——我们经历了的、即将经历的、可能经历的或必然经历的人生。

读这四部小说，可以有种种收获，坊间也确有许多书，讲"四大名著中的人际交往智慧""四大名著与企业管理""读四大名著，学职场规则"等，这都体现了"四大名著"确与我们今天的人生有关。但太多的书都将目光局限在了这个比较小的范畴，即处世经验的范畴，将"人生之书"读成了"处世经验之书"。

从文学的角度来说，真正能温润人心、滋养人生的叙事，必是大叙事，当然，这样的叙事也离不开丰富的社会经验，但是在这样的叙事中，社会经

这四部书为什么伟大？

验都是融于理想、情怀、精神的，也可以说，叙事之光照亮社会经验。

因此，我们应当先将"四大名著"如实地看作慧心深情的作家们创造的艺术品，徜徉涵泳于其汪洋恣肆的叙事之中，然后，再试看其与我们的日常生活是何关系，于我们的日常生活有何启示，而非以"学处世之术"的眼光去看小说中的叙事，将大叙事看得小了。

"四大名著"的大叙事，也可大概分为四个角度，即处世、格局、历史和心性。这四个角度都是人生大道。

人生必须与或熟悉或陌生的他人互动，即处理身边具体可感的关系，在周围人构成的小世界里获得生存资源与感情慰藉，这就是处世。

放开眼界，小世界的运行逻辑其实根植于大社会、大世界，这就是格局。

格局又是在时间的长河之中生成和变迁的，这就是历史。

博学反约，无论是处世、格局还是历史，归根结底，都是我们作为人，看到人，理解人，这就是心性。

这四样，虽似有递进之意，但每一样都有大学问，每一样其实也都可涵纳全体，是一而四，四而一的。

大叙事之"处世"

"处世",似乎确是现在讲"四大名著"的普及读物里谈得最多的。然而处世之道是大道,如何理解这个大道之大,却是很多人未曾深思的。很多人以为这个"大"就是说"重要",善于经营自己的人际关系很重要,是"大道",于是,处世之道就变成了"会来事""有手腕"之类的技巧。"大道"之"大"绝非这个意思。真正的处世之道,是既能体谅他人,也能尊重自己。

我们举一个"四大名著"中比较广为人知也比较极端的情节来看一看,那就是《三国演义》中的刘备摔阿斗这个情节(见第四十二回"张翼德大闹长坂桥 刘豫州败走汉津口")。这个情节衍生出一句歇后语:"刘备摔孩子——收买人心",从这句歇后语就能看得出来,一些读者是将刘备的这个行为当作假模假式或者手段套路看的。说这句话的人,有多少是意在鄙视,有多少是意在钦佩,又有多少是既鄙视,又觉得处世却也只好如此?但是,如果我们多考虑考虑这个情节的前因和"语境",或许会重新理解刘备的这个行为,重新理解真正可钦佩的是什么,重新理解这里的"只好如此"其实是怎样的一个"只好如此"。

当然,刘备摔阿斗,绝不是真的要摔死自己的儿子。他就是摔给赵云和众将看的，这也毫无疑问。关键在于当时当地，他为什么要这么做。"收买人心"的解释，是说他为了表现自己看重人才、轻视骨肉，以此增强众将的感恩和忠心，让众将以后更为他卖命。但这不合逻辑。作为"主公"，在那个年代，继承人的稳定存在是臣僚们忠心的重要根基之一，这也是赵云舍生忘死救出阿斗的一个原因，如果刘备连赵云拼命救出的未来继承人都毫不爱惜，那众将是会心热还是会心冷？

这么一说，好像刘备这事做得就无法理解了。但我们抛下"收买人心"的思维，就会发现，在原书中，刘备这个行动，回应的其实是赵云的一句话："赵云之罪，万死犹轻！糜夫人身带重伤，不肯上马，投井而死，云只得推土墙掩之。"赵云虽然救出了小主人阿斗，但此时却有着强烈的负罪感，因为，在这次全军败退途中护送两位夫人和小主人，是他的任务，可两位夫人中的一位，就死在他的眼前。可想而知，他重见刘备时心中何等痛苦和愧疚。而刘备此时当然可以安慰他，但任何安慰都太轻飘飘，太像是言不由衷的君臣礼数；刚刚失去妻子的刘备越说安慰的话，赵云只会越愧疚。刘备正是体谅到了赵云的心理与情感困境，所以用一个出乎意料的强烈行动突破了安慰的无力，表达了自己真诚的感恩。刘备说的"为汝这孺子，几损我一员大将"这句话传递了这样的认知：只为了救这个孩子，赵云都几乎命丧沙场,那么救得出糜夫人这件事根本就是任何人都不可能做到的!也正是因为赵云沉重的心锁在刘备这一摔一叹中顿然解断,所以他才"泣拜曰:'云虽肝脑涂地,不能报也!'"他感动的,是刘备长者之风的体察与心意。这,才是处世大道。

《红楼梦》的众女儿之中,有一位娴于处世之道的薛宝钗,她在做每件事时,都会为每个人考虑得很周到,尽量不让任何一个人为难,也不让任何一个人难堪。她过生日,贾府请了戏班演戏,贾母让她先点戏,她谦让了之后就点了,点的却全是贾母等长辈爱听的热闹戏,而当宝玉说她是"只好点这些戏"时,她却又能选出戏中有文采、有意趣的唱词来念给宝玉听,让宝玉听得"拍膝画圈,称赏不绝"(第二十二回)。但是,宝钗绝非一味讨好别人的"乡愿",作为亲戚和客人生活在关系错综复杂的贾府里,她也能在必要的时候表达自己的立场。王善保家的连夜抄检大观园,是贾府"从家里自杀自灭起来"(第七十四回)的乱象,因为宝钗是亲戚,所以她的住处并不在抄检之列,就在此事发生之后次日,宝钗便向大观园实际的"家长"李纨表示自己当天会离开大观园去和母亲做伴,李纨和恰好在场的尤氏都知道她这是因为前晚的事情,所以宝钗在李纨笑说"你好歹住一两天还进来,别叫我落不是"之后,也干脆点了题说:"落什么不是呢?这也是通共常情,你又不曾卖放了贼。"(第七十五回)这是句玩笑话，却也是柔中有刚的话，她作为客居之人，又是小辈，不必也不该评断邢夫人、王夫人等贾府长辈的得失对错，但她也以此表达了对于李纨等遭抄检者的慰问与同情，而且间接地向贾府表明了自己的态度，甚至隐然有点"乱邦不居"的意思。

我们读"四大名著"中的"处世"，应该多多着眼这样的地方，体会谅人爱己的深情、深浅有度的聪颖，欣赏君子待人接物的优美与刚健。

大叙事之"格局"

今天的企业家、商业咨询师、人生规划师们都很喜欢说"格局"这个词，格局的确是很重要的视野，任何人都应该从这个视野思考自己的人生。"格"是框架，"局"是动能，一个人的"格局"，就是看到这两个底层逻辑的意识与能力。前文讲过，"四大名著"写的是人生完整的历程、境界、领域；而我们能从中读到多深，其实在于我们的格局能与这四部书的格局有多大的重叠。

我们在此先只以《三国演义》来简单谈谈何谓小说的格局。

赤壁之战是《三国演义》中的一个大情节，前前后后用了十多回书的篇幅，也成了全书情节、人物的扭结之枢。有的读者也许只能看到其中的故事如何热闹精彩，看到诸葛亮如何利用鲁肃的老实破解了周瑜的狠毒，看到周瑜如何将计就计利用蒋干欺骗曹操，看到黄盖、阚泽和庞统如何一步一步将曹操骗进周瑜布置好的陷阱，看到诸葛亮如何"借"得东风助力火攻……这些故事，的确都很有趣，可是一个一个单拿出来，却不可能这么波澜壮阔，扣人心弦，让人百读不厌。真正能领略到这些故事趣味的读者，看的是这些故事是如何勾连起来的，也就是这些故事底层的框架与动能。

为什么周瑜既和诸葛亮合作，又多次想谋害诸葛亮，而诸葛亮又为什么一边化解周瑜的诡计一边仍和周瑜协力？曹操为什么在这场战争中这么容易相信谎言？如果看不到这些，那就只剩下很聪明又很善良的诸葛亮、有些聪明但心胸狭窄的周瑜、又蠢又坏的曹操等人物，可以分为好人和坏人，聪明人和傻子，和整部《三国演义》却根本合不到一起了。而且，这些故事中的许多具体细节，其实是经不起推敲的，比如"草船借箭"，从物理学角度就很难实现。

我们说文学真实与物理真实不必一致，就是在这一类地方。

文学真实的根本，是叙事的力量。如果草船借箭这个故事只是表现诸葛亮的聪明，鲁肃的憨直，周瑜的自作聪明、嫉贤妒能以及曹操的愚蠢，那诸葛亮的这个计划是否真正可行就很重要，物理真实的可疑足以损害文学真实的成色；可是如果看的是

这四部书为什么伟大？

格局，这个故事放在小说的这一处，表现的其实是诸葛亮、周瑜、曹操、鲁肃四人在当时的处境与方针。他们在这个故事中的言行，其实都有着不得不然的无奈。

诸葛亮是刘备军事集团派驻在东吴的代表，此时刘备刚刚惨败于曹操，根据地也丢失了，所以必须与东吴结盟才能生存；但生存本身不是目标，只是实现目标的基础，发展壮大、统一天下才是目标，所以结盟是一时的，未来的争夺是必然的。这一点诸葛亮很清楚，周瑜、鲁肃也很清楚。

从东吴这边来说，正像诸葛亮初到东吴时，东吴君臣相继与他议论时表达的那样：如果降曹，则违背了这个割据集团的根本利益，不可取；但如果抗曹，又存在着名不正、心不齐的困难。为什么"东吴的臣，武将要战，文官要降"（京剧《借东风》唱词）？因为武将的使命就是以暴力捍卫集团的根本利益，文官即士大夫当时的安身立命之本却是名教，也就是"君君臣臣父父子子"的名分伦理之学，而曹操东征是以汉丞相的资格，有朝廷正式的诏书为根据，从"法理"来说，抗曹就等同于叛乱。解决这个困境的一个出路，恰好是与刘备结盟。因为小说中写道：刘备是皇帝亲自承认的"皇叔"、亲封的左将军，而且仁声著于四海；另外，曹操敌视刘备是因刘备曾在董承发起的讨伐曹操"义状"上签名，董承发起这个"义状"的依据则是皇帝亲手血书的

"衣带诏"。于是，只要与刘备结盟，抗曹就是名正言顺的，就不只不是叛乱，而且是奉旨讨贼，正与名教相合。这就决定了虽然刘备集团此时实力很弱小，虽然刘备集团壮大之后将是东吴的威胁，但还是必须在抵抗曹军的全过程中都维持这个联盟关系。

再从曹操这边看，他以丞相之尊、浩浩之师、乘胜之势，力图一举而扫灭孙权、荡平天下，这的确是一次敏锐的捕猎，但却也是一次冒险，较多地依赖于战略威吓力，而未做足够的战术准备，最要紧的，就是水战能力存在严重缺陷。所以，当威吓无效，战争进入相持阶段之时，这个缺陷就成了曹军的软肋和曹操的心病。他在长江大营中屡次中计的小说情节，其实次次都与他这个心病有关。

在这样的格局之中再看草船借箭的故事，物理真实就不那么重要了，叙事的力量来自格局之中每个人意愿、处境的碰撞与撕扯。诸葛亮必须委曲求全，周瑜和鲁肃体现的是东吴的纠结，而诸葛亮利用的归根结底是曹操的财政底气与水战恐惧，这些心理综合起来，才演绎成了这个经典的故事，这个故事又恰恰集中地、深刻地呈现了这个大格局。郭德纲说，说评书的人"心有多大，书才能有多大"，读书也是同理，看得到多大的格局，才能读得出书有多大。

大叙事之"历史"

清代学者章学诚有一个著名的观点:"六经皆史"(见《文史通义》),也就是无论是《尚书》《春秋》,还是《周易》、《诗经》、"三礼",都应该当作历史著作来看,因为都是关于特定历史的记录与思考,"经"的智慧蕴藏于"史"的学问之中。文学叙事中的"历史",说的也是这个意思,伟大的作品即便写的是名不见经传的人们,或者幻想的故事,也是在谈论世事变迁,也是在传递历史的浑厚声音。

"四大名著"中,《三国演义》是历史题材小说,《水浒传》和《西游记》是以历史真事(宋代宋江三十六人横行河朔①和唐代玄奘法师西行求法)为框架的传奇或幻想作品,我们都先不说。《红楼梦》虽然也有"索隐派"说成是清朝宫廷历史的影射隐喻,但一来这个说法其实并无坚实依据;二来就算这个说法成立,那也只是影射隐喻罢了,用来影射隐喻历史的,毕竟还是一家人过日子的生动故事。而无论是不是影射隐喻,都不影响这个故事本身的成就。所以,我们在此就先从《红楼梦》的故事本

---

① 在此之外,王利器、孙述宇等学者发现《水浒传》中还暗藏宋金战争时期"忠义军"追随岳飞抗金的历史。此论甚确。参阅孙述宇《水浒传的来历、心态与艺术》,时报文化出版事业有限公司1981年版,第二章。

身，看看好小说是如何在"小事"题材中运用"历史"大叙事的，以及读好小说应当如何有"历史"的视角。

当然，今天有人会很简单地回答这两个问题：《红楼梦》的情节反映了当时的社会现实，所以是运用了"历史"大叙事；我们从《红楼梦》看到当时的社会现实，就是有"历史"的视角。这话虽然是正确的，但是太过空泛。而且，小说毕竟是虚构的，如果只不咸不淡地说说"当时的社会现实"，那就有可能会和小说的虚构性两不相干，至多不过是拿我们对于当时社会现实的了解与小说中的故事或细节去做些对应而已，这岂不糟蹋了这正确的话。脚不点地，空说大话，不是读书、论文的好方式。

我们来看看真正高明的读者是怎么读书的。《红楼梦》的总纲，二百余年中的读者、评论者往往都认为是第五回中预言全书人物命运的"判词"与《红楼梦十二支曲》，而第一回中的《好了歌》与《好了歌解》，人们也多是从"人生虚无"或情节预言的角度解读的。但是，毛泽东却在1964年说："什么人都不注意《红楼梦》的第四回，那是个总纲，还有《冷子兴演说荣国府》，《好了歌》和注。第四回《葫芦僧乱判葫芦案》，讲到护官符，提到四大家族……"这真是石破天惊、一语中的之言！

之所以"什么人都不注意《红楼梦》的第四回"，很可能是因为这回书的场景几乎全在富贵温柔乡之外，风格气氛也与全书不大一样，又夹在"林黛玉进贾府"和"贾宝玉神游太虚幻境"这两个关乎主人公一生的炫目情节之间，所以太像是一个过渡或"伏笔"。但恰恰是这一回书，完完全全地从"当时社会"的视角俯瞰了那个富贵温柔乡，真正将整本书反复精雕细刻的那个中心场景融入了大历史之中，让发生在荣、宁二府的那些大大小小的事情挣脱了"瞬间"与"偶然"，成为"历史"大叙事。从这个角度看，《冷子兴演说荣国府》《好了歌》和《好了歌解》也起到了与此类似的作用，只是不这么彻底和清楚。

第四回中的"护官符"，是说"凡作地方官者，皆有一个私单，上面写的是本省最有权有势、极富极贵的大乡绅名姓，各省皆然。倘若不知，一时触犯了这样的人家，不但官爵，只怕连性命都还保不成呢！所以绰号叫作护官符"。贾母的娘家史家、王夫人的娘家王家，以及贾家、薛家，都写在应天府的护官符上。贾宝玉这个"富贵闲人"和他的姐姐妹妹们生活的那个花鸟诗酒、锦衣玉食的大观园，贾母、薛姨妈们颐养天年的贾府，都是在这样的一个历史场景中存在的。这解释了小说中的很多事，比如说，贾宝玉"自由"的边界。

在大观园里宝玉是自由的，在他自己的怡红院里他更是无拘无束甚至无法无天的，但他必须时不时地离开怡红院、大观园，去干什么呢？去会客见人！这些事，不去是不行的，连疼爱他的贾母也没有办法。贾母可以护着宝玉不让他父亲贾政逼他读书，但却无法护着他不去会客见人，即使他撒娇耍赖也不行。到了小说的七十多回时，连贾政也不再硬要宝玉读书了，但仍然还是要他会客见人！

会客见人的本质是什么？是维护和加强贾府所属的那个"最有权有势、极富极贵"的关系网。在《葫芦僧乱判葫芦案》中，薛家杀人的官司，是凭着贾家、王家给案件主审官贾雨村提供的"利益交换"摆平的，这是一种很隐蔽的利益交换，大家不动声色，互相"心照不宣"，于是一个无权无势的痴情书生就白白冤死了，一个苦命女孩本来有可能恩爱白头的姻缘也就此断送，而案件的主犯薛蟠甚至毫不关心这个人命官司是怎么摆平的，这位"呆大爷"知道反正没有哪个地方官敢追究他们家做的事。贾府等"四大家族"的权势，在历史时空中是这样存在着！这样的司法腐败、社会黑暗不可能没有代价，最直接的代价就是"关系"无比重要，所以贾宝玉这个三辈宠爱集于一人的"怡红公子"，也必须三天两头违背自己的意愿，老老实实、规规矩矩地穿戴好了去会客见人。

他险些被父亲活活打死的那次，祸源也在于这个维系着贾府生活的关系网。他在外边私自结交王爷家豢养的男旦，几乎导致了这个关系网难以挽回的撕裂，这已经触碰到了家族利益的底线。与这个这四部书为什么伟大？

关系网息息相关的是"礼法"，因为礼法是这个关系网的"通用语"，也是这个关系网"合法性"的根据。所以"礼法"也是贾宝玉的克星。我们常说贾宝玉是封建礼教的挑战者、叛逆者。在思想上的确如此，但在行动上呢？其实我们读遍这部小说，仔细想想，宝玉只敢跟欺负丫鬟的婆子们抖抖威风。婆子在礼法中高于丫鬟，但宝玉在礼法中却又远高于婆子，所以，他在婆子教训丫鬟时为丫鬟打抱不平固然是挑战了礼法，但同时凭的却也是礼法给予他的特权。除此之外，宝玉在行动上是很怯懦的，也是很无能为力的。他的母亲王夫人掌掴他喜欢的丫鬟金钏，他急忙偷偷逃开了；王夫人冤枉和驱逐他房里的丫头、与他一起生活了多年的亲密朋友晴雯，他在场目睹全程却一句话也不敢辩驳。天下官员们手中的那张"护官符"就这样无形却又无时无处不在地缠绕着贾宝玉这个少年的生活。贾宝玉是如此，林黛玉、薛宝钗、探春、史湘云，乃至贾母、贾政、王夫人、王熙凤等又何尝不是如此？他们这些"深情人"饮食起居、一颦一笑的繁华生活故事，都浸透着这个历史大叙事的无情与苍凉。

大叙事之"心性"

文学写的是人，尤其写的是人的"心"。在优秀的小说中，人物的种种行动，都深深根植于他们心中的种种观念、想法。伟大的作家,能够洞察纷繁微妙的人心,所以才能"写谁像谁",创造活灵活现的丰富人物形象,演绎出精彩的爱恨情仇、悲欢离合。我们读"四大名著",读的正是种种人心,而种种人心的本质则是人性。这是大叙事中最大的。功利、正义、情感、自由,都是人性;处世、格局、历史,都是人性的呈现。从最美好的到最丑陋的,从最雅致的到最粗鄙的,这四部书写尽了人心,写透了人心,以此抵达了人性。

我们读小说,对于小说中的那些人物,当然会有我们真诚的情感倾向与道德评价。古人与今人的生活环境、伦理意识存在着差异,所以我们读"四大名著"时的情感倾向与道德评价,也不必尽与原书一致。比如《三国演义》中将猎户刘安杀了自己的妻子给刘备吃这样的事(见第十九回),多多少少看作美谈,而今天我们读来当然只会觉得惊骇和愤怒,绝不会有一丝一毫感动可言。再比如潘金莲在《水浒传》中是彻底的恶妇形象,可是近代以来颇有读者觉得她也有可同情甚至可赞美之处,反而觉得虐杀她的武松太过冷血和残暴,有的作家文人还为此揣测虚构武松的"变态心理"。

再比如,曹操专权、曹丕篡位,在《三国演义》看来是不言而喻的恶行,今天的读者却不会因这些事本身就有强烈的义愤;在《红楼梦》中王熙凤与尤二姐之间的关系,我们的认知与写书人的认知也这四部书为什么伟大？

不是全然一样的。

我们也觉得曹操、曹丕父子欺负汉献帝一家人实在是恃强凌弱、惨无人道，但我们读到这些情节时毕竟不大可能自然地愤恨他们的"犯上作乱""大逆不道"，我们愤恨的其实只是他们的豪横和残忍行为，而不是他们毫无顾忌地践踏了"君臣大礼"。特别是曹丕，我们反感小说里的这个人物，主要是因为他作为哥哥和弟弟曹植之间的关系，而不是因为他作为臣子和他的君主汉献帝之间的关系。可是依《三国演义》的原意，他首先是个十恶不赦的逆臣，其次才是个心胸狭窄和残暴的哥哥。在《红楼梦》的世界里，贾琏瞒着妻子王熙凤娶尤二姐为妾，本身没有什么过错，过错只在于他是在"国丧"与"家丧"期间娶亲；而且他的"瞒着"反而体现了王熙凤的错，正是因为王熙凤的泼辣、嫉妒，所以他才只好瞒着她。而在我们今天的伦理本能里，"国丧"和"家丧"期间娶亲谈不上什么过错（很难想象，"爷爷的哥哥的儿子刚刚去世不久"这个情况，会成为今天任何一个人推迟自己结婚的理由），但瞒着自己的妻子与别的女人生活在一起却是大错——当然不瞒着也一样是大错，至于妻子不许自己的丈夫在外边另娶别的女人，当然更是天经地义，将这句话当成一个道理说出来都很奇怪，就好像特地说人看东西该用眼睛而不该用舌头一样。因此，我们读起书中这些情节，很难毫不带着读"彪悍原配大战渣男与小三"故事的感觉。这当然也和作品的原意是大相径庭的。

但是，越过这些情感倾向与道德评价的必然差异，我们依然可以品鉴与思考书中人的心性。我们痛恨刘安杀妻的恶行，但我们可以从中看到是在什么情境中，什么样的观念、什么样的思维、什么样的情感和欲望使得刘安竟干出了这样的恶行，这是作品中洞察到的人心，只是原著不敢或不愿根本否定这样的人心，而我们今天可以毫不留情地根本否定这样的人心。根本否定，和我们可以了解、体察，是不矛盾的；进一步说，缺少了解、体察的"根本否定"其实只是个态度而已，很容易动摇，在了解、体察之后的根本否定，才是清醒的、坚定不移的。以潘金莲来说，我们看到她是因为土豪张大户夫妻的欺侮和逼迫而嫁给了丑陋得有些畸形、年貌与她都不合适的武大郎，我们作为现代人能体察这个青春、健康的女性厌恶不幸的婚姻以及渴望自由与爱情的心声，我们或许也能体谅她在与高大英武的武松朝夕相处时、在遭到风流潇洒的西门庆刻意勾引时，情思与行动的越轨；但我们不能因此就看不到她从参与谋划到亲手实施杀害无辜的武大郎，这全程中的奸险、狠毒、残忍无情。刘安崇爱刘备，在原著看来是大忠大义，在我们今天看来也是好的，但他罪在残忍杀害自己的妻子。潘金莲"不安于室"，在原著看来是放荡无耻，在我们今天看来就她的实际处境来说不仅无足深怪而且应当同情，但她罪在残忍杀害自己的丈夫。刘安的故事在《三国演义》中很简短，潘金莲的故事在《水浒传》中长得多，但两部书都一样从中呈现了独异的、惊人的人心，也都能令读者在惊异之时看得到这样的人心因何而生。

同样地，我们仔细想想会发现，其实我们和《三国演义》的写作者之间给予曹操、曹丕父子的"政治判断"虽然有着根本的分歧，但落在心性的理解上，却很可相通。就心性而言，无论是否称曹操为"乱臣贼子"，是否认为曹操"大逆不道"，都不能不承认曹操这个小说人物在与汉献帝、东汉朝廷的关系中，既有着英雄的气概，也有着枭雄的辣手和奸雄的狡诈。说他大逆不道也否定不了他的英雄气概，说他雄才大略也否定不了他的辣手和奸诈。曹丕这个小说人物则缺少乃父的英雄气概，辣手似之，狡诈处则有些笨拙，又多了几分"小人得志"的小家子气。

至于王熙凤与尤二姐的事，曹雪芹毕竟高明，他虽不见得会知道有一天"国丧""家丧"之中娶亲是可以的，重婚则是犯罪的，但他却能懂得贾琏的苦恼与悲伤、王熙凤的痛楚与刚强，以及尤二姐的希望与悲哀，同时，他也清清楚楚地看到贾琏的猥琐无耻、王熙凤的毒辣冷酷、尤二姐的贪荣自轻——真的是"无人不冤"而"有情皆孽"（陈世骧评金庸

《天龙八部》语)。他的一支笔,不是为了谴责哪个人,也不是为哪个人曲辩,他是以悲悯与超越之笔为这些生命的历程"传神写照",直透这些人物的心性。

"挟天子以令诸侯"和"代汉自立"究竟可恕不可恕,所谓"丧中娶亲"与"善妒"的骂名,皆是彼一时的礼教,而在其中表露的这些心性,却是较为永久的,所以我们读《三国演义》《红楼梦》等书,实不必太纠结于我们与写书人的伦理观念之争,我们在书中认识了这样一些活生生的非常之人或寻常之人,还因写书人的慧心妙笔,读懂了他们的心性,这才是我们与写书人跨越时空的"一壶浊酒喜相逢"(杨慎《临江仙》句)。

品书中人的心性,是为了涵养我们自己的心性。宽容和明辨是非,都是人生于世应该有的美德,但人们常常会偏执一端。若偏执一端,宽容也就不是宽容,而是昏庸颠顶;明辨是非也就不是明辨是非,而是蛮横狭隘。昏庸颠顶和蛮横狭隘,都是因为于人心、人性知之不广,知之不深,不解他人的心性,于是也损伤了自己的心性。人在现实生活中能遇合的人总是少的,从遇合到见其肺腑,又是难事,而且有些时候代价难堪。所以人在成长中也许经历了许多坎坷,却只认识了二三人心。若将这二三人心就从此当作天下人心的样子,那反而会昏庸颠顶或蛮横狭隘。读"四大名著"这样源远流长的经典小说，却可以在曲折精彩的叙事之中，不知不觉地见识到各样的人心，凭无数先人的智慧，看到人心的深处，理解人心的曲折真相，从人心见到人性。书中之人是人，我们读书之人也是人，我们看见人心、人性，便也是看到自己、认识自己。孔子说："择其善者而从之，其不善者而改之。"（见《论语·述而》）又说："见贤思齐焉，见不贤而内自省也。"（见《论语·里仁》）好的故事能激起我们心中的伦理力量，我们会喜欢这样的人，厌恨那样的人，于是自然地努力当这样的人，做这样的乐事、好事，不当那样的人，不做那样的丑事、恶事。人性中都有自私、自大、懒惰、残忍、贪婪这些不好的因子，却也都有仁爱、谦和、勤奋、慈悲、慷慨这些好的因子，如果我们傲慢地认为自己因为是好人，所以不可能做坏事，那我们反而更有做坏事的危险，或者做了坏事还不自知，而当我们看多了书中人们的行事先后，那就好比接种了疫苗，能够辨识自己心中的念头，也知道心中生起什么样的念头都不足为奇，是人之常情，却万不可任恶念滋蔓泛滥，否则悔之不及。大致来说，一个人能清楚辨识的念头越多，这个人的情感便越稳定、成熟、灵活，心态便越能宽容而清醒，于人于己，便能尊重洒脱。我们说读好书能陶冶品格，道理就是在这里。

情怀与妙赏

将"四大名著"的这些大叙事融入我们自己,涵养我们的心性,这是今天每个中国人一生中的必修课之一。一个中国人在天地之间当有《三国演义》的气魄、《水浒传》的豪迈、《红楼梦》的深情与《西游记》的逸兴,浩荡俊朗、温柔敦厚,是为中国人的气质。气质不是凌虚蹈空的,而是呈现于实实在在的生活之中。我们说"四大名著"是我们的人生之书,归根结底,是因为阅读这些书,能引领我们走向我们理想的人生"至善"。

那么,中国人理想的人生"至善"是什么样的呢?古老的《易经》之中说得很清楚。《易经》六十四卦,分为《上经》三十卦和《下经》三十四卦,《上经》讲社群的发展历程,《下经》讲人的发展历程,而《下经》的最后两卦,是"既济"和"未济"。这两卦都是火的符号"☲"和水的符号"☵"构成的,"既济"是火在下,水在上;"未济"是水在下,火在上。从字面解释,"济"是"渡河"的意思,"既"是"已经"的意思,"未"是"还没有"的意思。水在火之上,火在水之下,水火已经交融,表示"既济"。人的志意胸怀炽烈如火,求上进,求功业,人的心思神趣清柔如水,知沉潜,知安怡。炽烈的志意胸怀能坚稳踏实,清柔的心思神趣能飞扬跃动,情怀深沉而妙赏自由,心意交融,即是"既济"之象。我们常常说人生的"成功",在中国传统文化中,这样的"既济"才是人生真正的成功。但为何"既济"不是人生成长的止境,之后还有"未济"?从"既济"变成"未济",不是反而退步了吗?其实这正是大智慧之处。古圣先贤懂得,人的成长是无止境的,自得自满于成功,终是落了下乘,君子在达到成功之后,还须再进一步:情怀热烈,而片刻不离妙赏之本色,这便超越了成功,成为"永远在路上",成为"无尽"。

我们沉浸于"四大名著"的大叙事,涵养的是我们的情怀;我们品鉴"四大名著"的大叙事,涵养的是我们的妙赏。读书与阅世合力,用大叙事的智慧点亮实生活,用实生活的体感照耀大叙事,不疾不徐,久久为功,自可亲历成功与无尽之境。

群雄逐鹿：《三国演义》

从"子午谷奇谋"说起

《三国演义》这部书的精彩之一,是"斗智"的故事。《三国演义》中"斗智"最有名的当然就是诸葛亮,而与诸葛亮棋逢对手、势均力敌的则是司马懿。

诸葛亮和司马懿的交锋,在小说中就是人们常称之为"武侯六出祁山"的这个横跨14个回目,超过全书篇幅1/10的大情节。这个情节的历史依据,是诸葛亮主政蜀国时期断断续续长达七年的蜀魏战争,具体来说,有六次大规模的作战:

第一次,建兴六年春,诸葛亮率蜀军主力向祁山方向进攻,占领南安、天水、安定这"陇右三郡",魏国派曹真、张郃阻击。此次远征,因蜀国大将马谡在街亭的战败而结束。

第二次,建兴六年冬,诸葛亮兵出散关,过秦岭,围陈仓,魏国曹真事先派郝昭守备陈仓(小说中,将曹真的这个功劳写成了司马懿的),蜀军多次进攻未能成功。

第三次,建兴七年春,蜀军攻取武都、阴平。

第四次,建兴八年秋,司马懿等率魏军进攻汉中,诸葛亮派李严率军阻击,相持多日后,魏军撤退。

第五次，建兴九年三月，诸葛亮出奇兵夺祁山，又击败司马懿大军，却因蜀国皇帝刘禅颁旨和军粮短缺，半途而废。蜀军在退军途中还射杀了魏国大将张郃。

第六次，建兴十二年二月，诸葛亮率十万大军出斜谷，占据武功，安营于五丈原，与司马懿统领的魏军对峙。八月，诸葛亮在军中病逝，蜀军随即退兵。

可以看出，在真实历史中，诸葛亮兵出祁山只有两次。但是这两次中，一次是蜀汉政权大张旗鼓正式"讨贼"的第一战，而且一度胜利有望；另一次则是蜀汉政权离彻底胜利最近的一次。所以，祁山前线的确有着特殊的意义。从战略上来说，蜀军和魏军，或者说其代表的蜀政权与魏政权，当时处在均势相持的状态，都有着自己的优势，也都有着难以克服的痼疾，何况旁边还有吴政权虎视眈眈，因此长期拉锯战的局势是历史的无奈。小说关心和瞩目的不是战略层面，而是战术层面——正是在一次次具体的战术较量中，小说为读者呈现了精彩的情节，并且从蜀魏第一次作战起，就将司马懿写成魏军的实际主帅，与诸葛亮展开正面的对决，展开了高潮迭起的斗智故事。

我们先来看看这次作战中，诸葛亮刚刚动兵之际，小说中的一个寥寥数行，但人们讨论很多的情节：魏延献"子午谷奇谋"，立即遭到诸葛亮的否决。

> 魏延上帐献策曰："夏侯楙乃膏粱子弟，懦弱无谋。延愿得精兵五千，取路出褒中，循秦岭以东，当子午谷而投北，不过十日，可到长安。夏侯楙若闻某骤至，必然弃城望横门邸阁而走。某却从东方而来，丞相可大驱士马自斜谷而进。如此行之，则咸阳以西，一举可定也。"孔明笑曰："此非万全之计也。汝欺中原无好人物。倘有人进言，于山僻中以兵截杀，非惟五千人受害，亦大伤锐气。决不可用。"
> ——第九十二回"赵子龙力斩五将 诸葛亮智取三城"

原来，蜀国出兵后，魏国派了驸马夏侯楙统领关西诸路人马迎战。这里的"关西"是指潼关以西。蜀国地处西南，因此魏国抵御蜀军的前线即是关西。夏侯楙领兵这个情报传到蜀军的大本营，大将魏延就为诸葛亮策划了一个作战方案：魏延自己领五千精兵，出子午谷，直逼长安，造成夏侯楙慌乱向西逃窜，然后魏延从东追击、诸葛亮率大军出斜谷，从西截击。魏延认为，自己这个方案将会达到的效果是——蜀国一举占领魏国咸阳以西的地盘。诸葛亮北伐计划中第一阶段的目标也的确是占领这一地区。魏延的这个方案，就是著名的"子午谷奇谋"。

小说中，诸葛亮当场坚决否定了魏延的这个作战方案。后来北伐的结果，是经过断断续续的七年战争，诸葛亮"出师未捷身先死，长使英雄泪满襟"（杜甫《蜀相》句）。所以历来有读者遗憾于此时诸葛亮不采纳魏延的奇谋。连《三国演义》最有名的评点者毛宗岗，也在这一回的回批中，专门感慨了这个情节，认为"魏延子午谷之谋，未尝不善"，又在正文的夹注中说："此亦韩信暗度陈仓之计，惜孔明之不用也。"毛宗岗解释孔明不采纳魏延计策的原因时，说得很古怪：孔明很清楚"天意之不可回"，也就是说蜀国不可能战胜魏国，汉室不可能光复，于是不愿行险，因为既然都是失败，那就不如以堂堂正正的方式失败。这解释我们今天当然不会认可。也有人评论说这个情节恰恰表现了孔明的军事谋略能力其实不行，只会运小计，而不会谋大局，至少谋大局的能力逊于魏延；不采纳子午谷奇谋，是诸葛亮的一大失误。这个看法，却是值得我们仔细思考研究一下的。

诸葛亮否定魏延的方案时，他自己表述的原因，简单说就是：如果魏国有聪明人在子午谷设下伏兵，那么这支五千人的精兵必然遭到惨败，既是兵力的巨大损失，也会严重打击全体蜀军的士气。

子午谷在秦岭之中，山势陡峭、道路崎岖难

行。魏延的计策之所以是奇谋，就是因为对于魏国来说"出其不意"，而之所以有可能出其不意，就是因为这个路太险，军队太难走。因此魏延和诸葛亮的分歧无疑首先是：魏延认为魏国的谋臣武将想不到蜀军敢走子午谷，而诸葛亮认为他们可能会想到。

前人论到此处，结论往往就是魏延胆大而诸葛亮谨慎。既然事实是当时魏军在子午谷确未驻军，很多人也就难免痛惜诸葛亮过于谨慎了。这么好的前景，风险也最多就是五千精兵，试都不试，就说"决不可用"，这哪里有大将的气概呢。

其实诸葛亮当时说的只是这个方案"第一步"的风险。何况，就只这一步而言，与蜀军"五千精兵"的成本相比，魏军在子午谷驻扎一支伏军的成本也低得多，因此，作为蜀军统帅，假设魏军有伏兵比假设魏军无伏兵合理。这且不说，即便这一步真的成功了，蜀国五千精兵顺利穿过了子午谷，直逼长安城下——然后呢？

魏延的想象是夏侯楙弃城西逃。长安城曾是秦汉都城，城高池深，就算夏侯楙再愚蠢，他有多大的可能会有城不守而选择野战？既然如魏延所说的"懦弱无谋"，那就更会龟缩在城中闭门待援。魏延率领着五千精兵，此时或者选择围而不打，或者选择攻城。围而不打即困饿战，较量的是补给和人心，输赢就看"时间"这个要素对谁更残酷，而一旦魏延围城,"时间"显然对他比对夏侯楙更不友好,因为他是客军作战、以速胜为目标,而且此时唯一可靠的后勤补给线又是那险峻的子午谷。暂且不考虑魏国此时已后知后觉派一支小分队封锁子午道的可能,即使魏延分兵把守谷口,守住了这条后勤补给线,粮食辎重通过险道也要比军人战马通过险道更难、更慢、更危险。时间迁延,魏延就会被赶来救援的魏军部队反包围,陷入进退不得的绝境。如果攻城呢?《孙子兵法》说"其下攻城",攻城是用兵最无奈的方式,成本高、损失大,还很可能劳而无功,而且,比围城更面临着后勤补给的困难——不但是粮草,还有战具也在快速损耗。

总之,魏延的方案,确有小概率会在"穿过子午谷"这一步获得成功(后来双方"亮牌"之后知道的事实是:当时真的可以成功),但成功之后,大概率会在长安城下失败。两个大概率事件叠加的结果,可以说这五千精兵若真交给魏延,不是葬送在子午谷中,便是葬送在长安城下。

因此,"子午谷奇谋"并不像一些论者所言,虽然冒险,但风险整体可控,冒险成功则收益巨大;事实是,"子午谷奇谋"不只是冒险而已,几乎是把五千精兵白白喂给敌人。诸葛亮不采纳这个计策理所应当。

我们今天读史书,朱元璋的建国之战中其实有一个十分相似的情形。在他的军队战胜张士诚之后,大将常遇春建议"直捣元都,都城既克,余皆建瓴而下",而朱元璋的回答是:"元建都百年,城守必固,悬师深入,顿于坚城之下,馈饷不继,援兵四集,非我利也。"① 所以决定了先取山东,旋师河南,拔潼关而守之,然后进兵元都的迂回战略。朱元璋最后胜利了,而诸葛亮最后失败了,于是没人质疑朱元璋的方案不如常遇春,却有很多人质疑诸葛亮的战略不如魏延。其实成功需要诸多要素际会,失败不见得就是统帅的战略不当。

这时我们就得再说说司马懿了。小说第九十五回,司马懿刚刚正式领命作为主帅"出关破蜀",就在和先锋张郃的第一次前敌最高军事会议中讲了这么一番话:"诸葛亮平生谨慎,未敢造次行事,若是吾用兵,先从子午谷径取长安,早得多时矣。他非无谋,但恐有失,不肯弄险……"随后说的都是他对诸葛亮目前军事计划的估计(分兵两路取郿城和箕谷)以及自己的应对之策,那些正是军事会议的正题,毫不奇怪,奇怪的就是他为什么先说诸葛亮未做什么呢?向新搭档展现自己的才学,或许是一个可能,但我们刚才说了,这个"从子午谷径取长安"的方案实行起来大概率是会失败的,虽然魏军在子午谷未布伏军,"早得多时矣"也谈何容易。难道诸葛亮看到的,司马懿竟看不到?我觉得,司马

---

① 孟森:《明史讲义》,时代文艺出版社2015年版,第24页。

懿这么说，就是为了告诉世人他这么说过。这是什么意思呢？

司马懿知道，这个话告诉了张郃，张郃无论是为了宣扬自家主帅的智谋，还是以后作为军事谋略的谈资，都会再告诉很多人，那些人也会再讲给别人听，总会传到蜀国的军中去。司马懿还知道，在诸葛亮的大本营中，出征前后准有人给诸葛亮献过"子午谷奇谋"——他不知道是谁，但知道必有这样的人，而且这样的人必是地位较高、谋略不远，而自视甚高。他这番话，其实就是为了说给"这个人"或"这几个人"听的，就是在他或他们自视甚高的心中再推波助澜，埋下一颗与诸葛亮甚至蜀国离心离德的种子。九回书之后，第一百四回，诸葛亮去世，遗令杨仪统领大军，魏延即抗命夺权，其时果然说了一句："丞相当时若依我计，取长安久矣！"又说："岂因丞相一人而废国家大事耶？"司马懿当年埋下的种子，真的长成了一株毒树。这是一场跨越七年的斗智，斗的不是子午谷，不是长安，而是人心。

当然，从小说技巧来说，第九十五回开篇写司马懿这句话，也为这一回书中的一大节目——"武侯弹琴退仲达"做了铺垫，因为在那里司马懿会再次谈到诸葛亮"平生谨慎""不肯弄险"。

群雄逐鹿:《三国演义》

空城计的博弈论

我们就再来看看小说中这个很有名也很有争议的故事——空城计。这个故事来自《三国志》裴松之注中的一则材料,但裴松之在注文中就说过,这个故事不可信,很重要的一个理由,是当时司马懿不可能与诸葛亮在前线相见。但是放在小说结构中,这个故事却合理地解释了诸葛亮第一次北伐遭遇意外挫败后,何以能迅速安然返回汉中根据地,而魏军在大胜之余也未继续追击。这也是历史和小说的一个区别:如果是写历史,有些事那样发生了,就是那样发生了,不见得事事都必须有什么解释,而小说里的每个情节却是必须有解释的,不然小说就不成立。真实的历史或许就是很简单,也或许比小说中还复杂,但如果不再有新的史料文献出土,这次终战的详细经过大概是无从考证了。我们既然读的是《三国演义》这部小说,那就将空城计当成"小说家言"来看——这样看时,我们发现争议还是不少。

刚才我们说这个故事"合理地解释了……",但有很多人都认为这个情节本身就不合理,是很幼稚的虚构;还有的人则在承认不合理之后,试图从魏国政治斗争的角度再将其合理化。但其实,这个情节写得既合理,又精彩,合理与精彩之处无关于在这个情节中只字未提的魏国政治斗争,而就在于当时当地诸葛亮和司马懿两个聪明人之间那场兵不血刃的交锋,那是巅峰的博弈对决,所以才数百年来脍炙人口。我们先来看看认为这个情节不合理的人都有哪些观点,以及"魏国政治斗争"说为什么不成立。

认为这个情节不合理的依据,有些可以追溯到裴松之当年质疑这则史料时的论点。当然,司马懿此时不会出现在诸葛亮驻守的城下这一类考据以及关于史料来源的辨析,在这里就无关了,因为这次狭路相逢本来就是小说的虚构情境,我们现在讨论的是在这个虚构情境中发生的事合不合于"必然律"或"可然律"。裴松之的论点中,适用于小说情节的是:既然不知城中虚实,司马懿正应该以重兵严阵雄伺,以观其变,怎会落荒而逃呢?

今人还有一些新的质疑:一、司马懿为什么不派人侦察;二、司马懿为什么不围城;三、司马懿为什么不下令弓箭手射杀诸葛亮。关于第三点,许多人都做过解答,这个解答很简单,也很有说服力:之所以"攻城战"是古代战争的大事,就是因为在冷兵器时代,在城池外攻击城楼上的人是难度非常高的事。我们在这个解答中再补充一点,那就是:实现在城池外击杀城楼上的诸葛亮也不是完全不可能,但必须经过一番准备,这个准备的时长和进行攻城作业的准备时长大致是一样的。这样一来,全部的质疑,其实就都可以归结为一点,那就是司马懿即便不敢立刻攻城,也可以在城下做许多事,怎么会匆匆退军呢?质疑者的结论是:如果不是小说家幼稚到将战争写成了小孩子玩家家酒,那就一定是小说家暗示着司马懿的深邃阴谋,这个阴谋针对的不是他眼前的诸葛亮,而是魏国的长期政治局势。这便生出"魏国政治斗争"说了,简单来讲,就是认为:司马懿清楚西城是空城,此时或擒或杀诸葛亮,都易如反掌,但自己是因魏国边情紧急、朝中无人可敌诸葛亮率领的蜀军,这才重新得到了重用的,若蜀国从此无诸葛亮,那他司马懿在魏国也就只能再次边缘化,甚至落得个"兔死狗烹"的下场,于是,西城下的司马懿决定将计就计,放过诸葛亮,存此大敌,以维持自己在魏国的崛起势头。顺着这个思路,那么诸葛亮摆"空城计"的本质,也是基于深知司马懿此时在魏国的处境与利益,而送给司马懿一个纵敌(也就是诸葛亮自己)的合理解释。

  这个读解方式有其优点,那就是从小说中的虚构情境而非历史考据出发。在小说的情境中,此时的司马懿确实有朝堂上的后顾之忧,也确实有"建功立业"的雄心。但这个解读方式仍然是不恰当的,因为其完全无视小说原文中,事后司马懿得知真相时"悔之不及"这个心理描写。小说文本是一个整体，读者尽可以有自己的理解阐释，但却不能在理解阐释时只看其中的一些文本，而抹杀另一些文本。大而言之，将小说当"谜语"看，总认为作家在字里行间隐藏着什么"黑幕"作为谜底，其实是偷懒讨巧的读法，只会错过小说真正的精彩。

当然，即便如此，我们还是可以来说说司马懿出于"魏国政治斗争"的考虑故意放走诸葛亮这个"故事"本身的不合逻辑之处在哪里。刚才说了，司马懿此时的地位需要外来军事威胁来维持，这是事实，以小说中司马懿的权谋和为人，他也的确做得出在必要时故意延续军事紧张状态的事。这一类的事有个专门名词，唤作"养寇自重"。历史上很多王朝都有过地方官对于"流寇"围而不剿、剿而不灭，以不断从朝廷获得粮草与军功的事。从魏国的立场来说，蜀国就是"寇"，而魏国给司马懿的任务正是"荡寇"，所以，他是有可以"养寇自重"的地位的。但是，以司马懿这样的聪明人，养寇自重一定是养那种在自己掌控之中的、可以予取予夺的"寇"，而不会去养随时可能反噬自己的"寇"。民国杂文家李宗吾在他的讽刺名作《厚黑学》中将"养寇自重"这类事称为"补锅法"。补锅时，锅损坏得越严重，补锅匠的酬劳越多，于是有狡猾的补锅匠偷偷将裂纹敲得大一点，然后说是多亏自己细心，刮去了锅底灰，才看到其实裂纹还有这么大。这样一来，他多赚了锅主的钱，锅主还得感激他。办事的人将本来容易解决的事故意弄得严重些，以图办成后得到分外的名利，便和这个狡猾的补锅匠是一样的。但李宗吾随即就说，如果敲得太重，竟将锅敲碎了，那可就糟糕了。"补锅法"能得逞，是基于最后锅补好了，如果锅补不好，这个补锅匠就既拿不到钱也得不到感激。养寇自重的人也是一样，最后"寇"若真得了势，无疑是不合于"养寇"者自身利益最大化这个诉求的。

在小说里，司马懿这次未能或擒或杀诸葛亮的后果是什么呢？是诸葛亮后来多次率领蜀军威胁魏国，也多次威胁到司马懿父子的生命，其中的一次火攻计，若非忽然天降大雨，那也就不会有后来的"三分归晋"了。司马家的性命固不必说，魏国的灭亡和衰落也意味着司马懿的人生失败，到时候他即便降蜀或降吴获得了接纳，在可预见的岁月里也不可能再积聚起在魏国那样的资历、人脉和权势了。所以，如果这一次司马懿是明知道一举兵即可擒杀诸葛亮，却以养寇自重的心思，故意放了诸葛亮，那他就是个愚蠢的"补锅匠"，一锤子下去，几乎将锅敲碎再也补不起来。

现在，我们再来说那些质疑——毕竟，养寇自重论也是因为那些质疑才强行生成的。我们说了，那些质疑都可以归结为一个质疑："懿看毕大疑，便到中军，教后军作前军，前军作后军，往北山路而退"（第九十五回"马谡拒谏失街亭　武侯弹琴退仲达"），司马懿其实只是看见诸葛亮悠然坐在城楼笑呵呵地弹琴，于是立时就匆匆忙忙拽着十五万大军转身逃跑——这小说写得是不是也太小孩子气了？

这是争论的焦点，也是我们理解这个经典情节的关窍。司马懿转身就逃，正是他的了不起之处，如果逡巡犹豫几番再跑，那就不是司马懿了。为了将这个关窍说得清楚些，我们引入一个现代的理论资源——博弈论。所谓博弈论，在实用层面，就是如何在信息不完整的情况下做出最有利的抉择。"博"是赌博，"弈"是下棋，像麻将、纸牌这样的游戏则兼具"博"和"弈"两方面。这里的"赌博"一词与耍钱无关，是强调游戏中存在着"对于既成信息的猜测"：比如骰盅里的点数、对方手里的牌，在揭盅和亮牌之前就都已经是既成信息了，但我方却只能猜测，这就是"博"；而"弈"要猜测的则是对方的计划、后招。总之"博弈"都需要在猜测中决断和行动。是猜测，就一定会有对有错，一般人能想到的目标，大概是尽量猜对，而不要猜错；但博弈论的精髓，却是在猜对猜错的概率已定的前提下，尽量实现总获利最大、总损失最小。能在汉末三国这样的乱世中长线崛起的人都是博弈论高手（虽然他们当然不知道"博弈论"这个词），司马懿当然也是。

我们来看看司马懿此时面临的猜测选项：他可

以猜测诸葛亮在故弄玄虚，其实城中兵力空虚；他也可以猜测诸葛亮这是在用计，城里城外有危险的伏兵。我们作为读者，都知道实情是前者，但是，对于此刻、此地的司马懿来说，这两个猜测，非此即彼，猜对或猜错的可能都是存在的，他必须"博"其中之一。按照一般人的思维惯性，这时会先考虑或试图知道哪个猜测"更可能"对，但博弈论高手先考虑的，则是按照每一个猜测做出行动的利弊如何。那么，现在我们就来看看司马懿对此能够确定什么。猜测诸葛亮在故弄玄虚，那么自己的行动就是发动攻城。如果猜对了，获利当然巨大：擒杀诸葛亮，长驱直入蜀国，至少占领蜀国的诸多战略要地。如果猜错了，后果则是惨重的：十五万大军轻则损兵折将，重则全军覆没，自己也很有可能反遭擒杀。猜测诸葛亮在用计，那么行动就是撤离。如果猜对了，获利也是很大的：从灾难边缘解救了自己和十五万大军。如果猜错了，后果也很糟：错过了难得的有利时机。这么看来，两个选择似乎都是既可能有巨大的利益，也可能有巨大的损失，无从比较。但是，进一步分析，会发现撤离的可能损失其实只是"该得到的却未得到"，而攻城的可能损失却是"失去了不该失去的"。正是在这里，将呈现赌徒和博弈高手的本质差别——赌徒此时会孤注一掷，也就是宁肯选择"失去了不该失去的"这一风险；而博弈高手则会选择"该得到的却未得到"这一风险。并不是说这两类人永远会这么选择，这也是看具体情形的，在我们现在说的这个具体情形中，"该得到的"是积累过程的一环，而"不该失去的"却是积累的根本，因此博弈高手宁肯暂失一环，也要避免永失根本。也就是说，博弈思维和赌徒思维的本质差别在于：博弈思维的着眼点，永远在于"积累"，长期的积累；而赌徒的兴奋点恰恰永远指向陡然暴富的破格获取。

司马懿需要考虑的事情并未到此结束，他在确认和比较了两个行动选择的各自风险之后，还是需要再回到一般人的做法，也就是评估一下两种猜测的对错可能性。他猜测的是一个和他一样的具体的人，所以他的评估方式是从对方角度思考博弈策略。这就是他那句著名的"亮平生谨慎，不曾弄险。今大开城门，必有埋伏"（第九十五回"马谡拒谏失街亭　武侯弹琴退仲达"）体现的思维方式。这句话虽然有名，但读者常常因为知道诸葛亮计谋的真相，只觉得这句话可笑。那么我们就再来稍微详细地分析一下。从司马懿的角度看，诸葛亮大开城门，大模大样地坐在城楼弹琴，当然有可能是在掩盖城中乏兵的窘境，也当然有可能是在掩盖城中城外已布好巨大陷阱的毒计，这两者，对于诸葛亮来说是在两个不同情形下的两种截然不同的策略选择。如果是前者，那么诸葛亮是在城中乏兵的情况下，从"逃"和"吓退敌军"两种方案中选择了"吓退敌军"；如果是后者，则诸葛亮是在布好陷阱的情况下，从"静默诱敌""诈败诱敌""招摇诱敌"三种方案中选择了"招摇诱敌"。在布好陷阱的情况中，这个策略选择应当是基于最大化诱敌效果的考量。而在前者情况中，这个策略选择就是在拿自己的生命赌司马懿会选择撤兵，因为如果司马懿不选择撤兵，那"吓退敌军"就比"逃"更无幸存的希望。猜测司马懿会撤兵，和猜测司马懿会攻城，这又是一个猜对和猜错的可能性都存在的局面，选择前者，意味着猜对的收益也只是安然逃命而已，猜错的损失却是"失去了本来可能不失去的"，而且是永失根本。也就是说，这不该是一个博弈高手的选择，诸葛亮理应选择猜测司马懿会攻城，进而在"逃"和"吓退敌军"之间选择"逃"。因此，既然诸葛亮大开城门，大模大样地坐在城楼弹琴，那么掩盖的就不会是城中乏兵的窘境，只能是城中城外已布好巨大陷阱的毒计！这些，才是藏在司马懿那句话之中的细密运算。我们还会觉得那句话可笑吗？

如此复杂的推演，他是在一瞬间做到的，而且决策后即毫不犹豫，果断地采取行动，这就是我们为什么说：转身就逃正是他的了不起之处。

空城计：博弈论（孙伊琳绘）

智谋与智慧

可是，既然如此，同样是博弈高手的诸葛亮，为何又偏偏选择了"吓退敌军"呢？其实，我们再看小说原文，诸葛亮这个选择并不是在敌军迫近、城中乏兵之际才临时做出的，甚至可以说，敌军迫近、城中乏兵这样的情况，正是在他得知街亭失守之后立即做出的决策和计划之中的。当时他第一道军令就是急唤关兴、张苞，分付曰："汝二人各引三千精兵，投武功山小路而行。如遇魏兵，不可大击，只鼓噪呐喊，为疑兵惊之。彼当自走，亦不可追。待军退尽，便投阳平关去。"（第九十五回"马谡拒谏失街亭 武侯弹琴退仲达"）这排布的竟是空城计的下一步，即司马懿从西城逃跑后，蜀军如何继续惊扰他、拖延他。其实在调兵遣将的当时，诸葛亮是尽可以"不弄险"的，因为他身在祁山大寨之中，数十万大军和姜维等大将围绕，自己作为主帅全身而退绝非难事。如果是曹操或司马懿，在此选择的大概是"逃"。可是诸葛亮却从大寨去了西城，而且最后自己身边只留二千五百兵和一班文官，原因就在于，他优先考虑的是蜀军的全体利益。他在派遣关兴、张苞布疑兵之后的数道军令，都是安排大军和战区官吏百姓有序撤退的；百忙之中还派专人转移安置姜维的母亲，避免了魏国将来以此要挟姜维。然后，他亲自带着五千兵到了西城，因为西城是蜀军屯放粮草的地方。他派了二千五百兵运走了粮草。他早就知道，这时，司马懿的大军就快抵达西城了。

也就是说，这场博弈中，诸葛亮的牌，早在祁山大营就出手了。他在得知街亭失守、此战败局已定时，立即决定：在西城"吓退敌军"。这是当机立断、有条不紊的全部退兵计划中的一个环节，而不是个临阵灵机一动的小聪明或最后关头无奈的冒险——或者就像我们之前说的，这个"最后关头"也是诸葛亮自己筹划的。他是在第一时间选择了以自己失去生命为风险，博取蜀军和战区民众其时可能的最大获益。然而他的生命当时也是蜀汉的根基，他还是有胜算，才会这样选择。他的胜算，就在于他知道司马懿也是和他一样的博弈高手，绝大概率会选择"转身就逃"的高明博弈策略以赢得多次博弈、长期积累的可能，何况，司马懿也知道他诸葛亮是博弈高手，这也会左右司马懿推测诸葛亮博弈策略时的方向。最后，也是最关键的，在于诸葛亮清楚，在司马懿的演算中不会有"牺牲自己，拯救军民"这个变量。这场博弈论高手的对决，诸葛亮赢就赢在了这里。这也是诸葛亮和司马懿这两个人物的本质区别。诸葛亮在"利道"之上，还懂得"义道"，而司马懿只精通"利道",他知道"义",但只当作是英雄欺人和庸人自欺的空话,却绝不知道"义"竟也有道,也有力。这也正是"智谋"和"智慧"的区别。司马懿这个人物,能在战场抵敌诸葛亮、姜维,能在政治斗争中逆袭曹爽,为子孙铺平登基称帝的路。司马懿有智谋,曹操也有智谋,可是诸葛亮才有智慧。刘备、关羽、姜维等人物,也有智慧,虽然就智谋而言他们或都逊于曹操和司马懿。所以,《三国演义》中的曹操、司马懿只是奸雄,诸葛亮才是真正的英雄。这个"智谋"与"智慧"的区别、司马懿和诸葛亮的区别,体现的是《三国演义》这部书的"根",也就是"英雄气"。许多读者都是因为混淆了书中的"智谋"和"智慧",而看小了这部书。

乱世的另一种智慧

说到"智慧",并非唯独英雄才有智慧。英雄以天下苍生为念,鞠躬尽瘁,死而后已,是大智慧;若有人虽做不到杀身成仁、舍生取义,但也能念及天下苍生,因而行止有度,那也不失为乱世中的智慧。我们来说一个在《三国演义》中从"智谋"成长为"智慧"的人物——贾诩。这个谋士在小说中的第一次出场,就上了回目:"犯长安李傕听贾诩"。他的出身,可以说是在董卓这个军事集团之中的,先后辅佐的李傕、张绣都是凭这支力量崛起的军阀,后来他劝说张绣归顺曹操,自己也进了曹操的阵营。所谓"李傕听贾诩",是董卓死时李傕等将领仓皇逃回西凉,上表章向朝廷求赦免,遭到拒绝,于是李傕主张各自逃生,而贾诩告诉他们:"诸君若弃军单行,则一亭长能缚君矣。不若诱集陕人,并本部军马,杀入长安,与董卓报仇。事济,奉朝廷以正天下。若其不胜,走亦未迟。"(第九回"除凶暴吕布助司徒 犯长安李傕听贾诩")李傕等人都觉得贾诩说得很对,就遵计而行了。贾诩这几句话是说,你们这些将领现在如果离开军队逃生,随便哪个亭长(职权有点类似于今天的派出所所长)带着人就把你抓起来了。所以不但不能跑,反而应该扩大队伍,杀回长安,如果成功,那朝廷就是你们说了算了;如果失败,那时候再逃跑也无非是和现在一样。这是一条妙计,也是一条毒计,在逻辑上无懈可击,在道义上则一塌糊涂。当然,这时候贾诩也想不到李傕他们在占领了长安、把持了朝廷之后,能那么荒淫凶恶,而且在后来李傕、郭汜败亡上,他也是为朝廷尽了力的;但毕竟灾害已经造成,因为他的一条妙计,至少长安的官民在董卓之乱后又遭了一次罪,而本来有了一点平复契机的天下乱局,也因此越发变得不可收拾。贾诩确实是有智谋的,他总是能看

群雄逐鹿：《三国演义》

到别人看不到的"简单真相"——他能看出李傕等人"反"与"逃"之间利弊的简单比较，能看出曹操退兵时"有戒备"与"无戒备"的简单规律（第十八回"贾文和料敌决胜　夏侯惇拔矢啖睛"），能看出在袁曹大战之前张绣归顺袁阵营与归顺曹阵营不同前途的简单政治逻辑（第二十三回"祢正平裸衣骂贼　吉太医下毒遭刑"）……他看到的这些道理，说出来之后，就简单得好像一目了然、理所应当，可是在他说出来之前，却是很难想到的，甚至是反常识的。这就是聪明人的特点，也是聪明人何以总忍不住说话的原因——他们真觉得，这么简单的事，怎么当事人就看不到，别的人也都不说呢？还拿李傕他们的事来说：什么时候真到了绝境，也就只好各自逃生，这有什么可着急决定的呢？而只要还不曾到绝境，那就当然先试试别的办法啊，难道还能落得比各自逃生更坏吗？作为谋士，这时候的贾诩，觉得他既然看到了，他就得说。

所以，聪明人不难在说，而难在不说，也就是难在知道什么时候应该不说。真相确是真相，简单也确实简单，可有的真相说出来是济世利人的，有的真相说出来却是祸世害人的，李傕等人"反"与"逃"利弊比较的真相，就是后者。他不说，李傕等粗蠢之人也就不知道，这从"知识"的角度来看是个遗憾，可是"知识"的遗憾与天下的获益比起来实在就无所谓了。

这个道理，贾诩后来学会了。许多年后，他襄助曹丕顺利地成为曹操权力与地位的继承人（第六十八回"甘宁百骑劫魏营　左慈掷杯戏曹操"），而那时候几乎谁都知道，继承了曹操的权力与地位，也就意味着即将登基称帝，建立新的中原王朝，曹丕也果然在曹操死后不久就成了魏国的开国天子。这样一来，贾诩就是堂堂开国功臣之首。可是，自从魏国建立，这位开国功臣在《三国演义》中却也就悄然淡出了，这位生平智谋超群的谋臣，在之后日益复杂激烈的斗争中，虽位高权重，尽可以一言九鼎，叱咤风云，却只是循分奏事，俨然碌碌官僚，不再多说一句"真相"。

其实，他襄助曹丕，不是为了曹丕（不然为什么后来却不再给这位"金瓯缺"的"天子万岁"出谋划策？）也不是为了自己（如果是为了自己，其实顺着曹操的心愿推举曹植也是一样的，以贾诩的聪明，那时自有一番能得尊贤之名而远结党之嫌的说辞），而是正如他向曹操暗示的：长子继位，名正言顺，比较起来是最平稳的；若废长立幼，争端谣诼必然纷起，中原或又将大乱。他为的是中原安定。魏国建立，大局已定，然而曹氏毕竟得国不正，又后继乏人，以贾诩的处境，若想在乱局中再展智谋，那是有很多聪明可以倾动公侯、传之后世的，然而无非是徒增世上纷乱而已，又何必呢？

此时的贾诩，是有智慧的。他的智慧，和诸葛亮的智慧当然不大一样：他不是诸葛亮那样的英雄。诸葛亮以智慧兼济天下，力图重整乾坤，贾诩则以智慧独善其身，只愿自己苟全性命、安度余年。我们今天看到"苟全性命于乱世"（诸葛亮《出师表》句），往往将"性命"读作一个词，理解为"生命"，其实，"性"和"命"两个字在那时各是各的意思，若说是"生命"，那么"命"在这里的确是说生理意义上的生命，"性"则是说人的心灵生命。贾诩当年在西凉为李傕之辈献"杀入长安"之计，便是于"性"有亏。到了宦居长安，寡言少语时，才真正做到了"全性命"。可见在那样的乱世，苟全性命也不是容易的事，得有智谋，还得有智慧。

历史的大势

《三国演义》在开篇引杨慎的《临江仙》"滚滚长江东逝水……"之后，即是"话说天下大势，分久必合，合久必分"这句话。这句话确实很有气势，也确实笼罩了《三国演义》这部书。可是，这句话其实是错的，错就错在这两个"必"字。虽然错在"必"字，但是错的根源却是将"分"与"合"理解得太狭隘了。这是不能苛求古人的，毕竟那时候中国文人关于世界的知识太少（欧洲文人关于中国的知识也一样少),他们不知道这世上也有真正"分久而不合"的事。

　　罗马帝国灭亡之后,拉丁语系诸国数千年就再未真正地"合",中间只有一两次既很短暂(只有几十年甚至十几年)又很残缺的类似统一,此外,最像统一的也只是有名义"共主"而其实相互攻伐争霸的"春秋"式状态,就连这样的状态都很难得。与此相比,简直可以说,写下"分久必合,合久必分"这句话的人生于斯长于斯的中国,从秦始皇统一天下之后,就再未真正地"分"。即便是三国,即便是南北朝,即便是五代十国,即便是宋辽夏金,任何一个中原王朝或"偏安"王朝的合法性也都得建立在统一天下的政权目标与政治实践基础之上,妄想"割土自立"是不得人心的,是不能立足的。就说三国:曹丕称帝凭的是强迫汉献帝"禅让";刘备称帝是在曹丕篡国之后,以"汉景帝玄孙、中山靖王之后"的资格继汉正统;孙权称帝是自居世世为汉忠臣,既不承认曹丕、曹叡父子的"乱制",也不承认刘备、刘禅父子的"伪统",又依据"祥瑞",遂代汉"郊祀"天地。总之,三个政权都认为自己是汉朝的唯一继承者,是全国政权,他们之间于"天下一体"和"民无二主"的观念毫无轩轾,分歧只在于这"一体"何在,这"一主"是谁。反观欧洲,大大小小的封建领主们互相争的却是领地、邦国王位、封号的继承权,他们寻求的是征服,是奴役（以及反奴役），而鲜少"一体"的观念；一时兴起了"一体"的观念（"基督教国家"），那也是为了结盟去征服远方（"异教徒"）。

中国这"合"的传统，奠基于周朝的"封邦建国"，成熟于秦汉的立郡县，"封邦建国"即《易经》中说的"建侯"，制度的根本在"礼"、在政道，而立郡县的制度的根本在"治"、在政绩，这两者，此后就成了中国政治的理论原则，于是，"天命攸归""四海归心"的"合"成了常态，像中世纪欧洲诸国那样只凭武力和条约划分领地的状况则只能是短暂的变态。武力和条约（以及毁弃条约），是古罗马的理论原则，他们的元首，是武功最盛的征服者，而非作为"礼"之"第一环"和最高象征的天子，他们遣之辖制天下的，是代表征服权力的总督，而非承担社会治理责任的官吏。于是，古罗马"合久必分"，分久却再难合。

在中国，是"合久或分，分则必合，分久亦能合"。这在《三国演义》的故事里其实也能看得很清楚。

汉朝的衰落，书中说是起因于桓、灵二帝崇信宦官，我们将小说情节放在历史中看，他们两人崇信宦官的病根其实早就深埋在汉朝的制度设计之中，早在他们之前，朝廷大权就常在宦官和外戚两个群体之间争夺，所以可以说汉朝的衰落是必然的。然而，汉朝衰落的结果，不见得是天下分崩离析，真正导致王纲解纽的，有三个关键的实权人物：大将军何进、太师董卓和司徒王允，在小说中，何进是蠢人，董卓又坏又蠢，王允则是智勇双全却因一时失策而功败垂成的忠臣。

如果何进不顾何太后的求情而果断诛杀"十常侍"，那就只是再次重演了外戚与宦官的权力更迭，而不会造成中央权力的真空；如果董卓不在权力未稳时就妄言皇帝的废立，刺史、太守们就无起兵勤王、抗旨自立的理据；而如果董卓不残民以逞、骄蛮辱人，闹得朝中人人自危，又蠢到筑一个囤积20年粮食、无数珍宝银钱的"郿坞"，妄想穷奢极欲地长享安乐，却能安民尊官，至少在朝堂和首都先建立起信任，则镇压当时猝然而聚、钩心斗角的"诸侯"们也不见得是难事；或者说，如果恰在何进、"十常侍"两败俱伤之后领兵进京平乱的，不偏偏是无教养的董卓，而是任何一个读书明理的刺史或太守，其后的乱局也不会发生；如果王允诛杀董卓之后，能安抚董卓旧部，则不致激起李傕、郭汜等人的叛乱，那么朝政重返轨道，"诸侯"们失去了继续拥兵自立的理由，分裂也就消弭于萌芽。

这就像是一列多米诺骨牌，何进愚蠢地推倒了第一块，导致权力真空，董卓乘虚而入，董卓的蠢恶又继续碰向下一块骨牌，诸多军事力量蜂起，王允力挽狂澜地中止了董卓这块牌，可是他自己的失策又碰倒了李傕、郭汜这块骨牌。到了李傕、郭汜

群雄逐鹿：《三国演义》

乱起之后，汉朝政权彻底失去了权威，其朝廷的生存已依赖于曹操这支新兴军事力量的维持，大大小小的野心家们羽翼已丰，天下分崩的局势已不可逆了。

分崩后的趋势，依然是统一。从群雄混战到三足鼎立，就是这个趋势的显现。诸葛亮、姜维锲而不舍的北伐，也是这个趋势的实践。

《三国演义》大讲蜀汉正统论，是很遭人诟病的。可是我们以历史视野来看，其实当时真正有可能终结乱世与分裂的，的确就是蜀汉。三分归一统，归的是司马氏的晋朝，这是《三国演义》的结局，却不是乱世与分裂真正的结束，很快晋朝就发生了"八王之乱"，又一列多米诺骨牌就此推倒……从董卓之乱起，到李渊、李世民父子终于再次建立起稳定的统一政权，乱世与分裂持续了四百多年。

为什么说蜀汉真正有可能终结乱世与分裂呢？我们先看看晋朝为何承担不起这个历史重任。晋朝的法统来自魏国的"禅让"，魏国的法统则来自汉朝的"禅让"，可是这"禅让"谁都知道是做戏，其实就是曹家强夺了汉朝的天下。魏国建立后传到第四世皇帝，岁月和传承刚刚逐渐为这个王朝争得了一些"天命"信仰，也终于迎来了一位真正有帝王气概的皇帝——曹髦，可是，司马家两代人积累起来的势力，已到了与曹家势不两立的地步，于是，魏国天子竟然遭到了臣子的刑戮，死后连帝号都遭到了剥夺！至此，魏国的"天命"神话破碎了；魏国都无"天命",晋朝又哪里来的"天命"?司马家从他们自己扶植的傀儡曹奂手中"受禅",看似成功,其实给自己挖了一个巨大的坑,因为他们彻底地开创了一个新的逻辑——谁势力强大,谁就可以称帝。这就是为何晋朝虽然在形式上实现了三国归一,却无力结束乱世,而且还造成了中原王朝长年偏安江南,中原则沦于漫长的游牧民族政权混战之中。

而蜀汉当时若实现三国归一,却不存在重新解释"天命"的政治神学议题,因为,那就是将刘秀做过的事情重新做了一遍而已。东汉的建立者——汉光武帝刘秀,当年面临的是王莽以"受禅"的形式篡夺了汉朝的政权,这和曹丕建立魏国的形势很像,只是王莽步子迈得太大,将曹操父子两人才做成的事自己一个人急急忙忙都做了而已。刘秀以汉室宗亲的名义聚众起兵,经过征战,延续了汉朝的正统。刘备在曹丕称帝时,是举世闻名的汉室宗亲,也是当时唯一有人马、有臣僚、有土有民的汉室宗亲,他若能像刘秀那样一统天下,则延续汉朝正统是毫无疑义的事。从刘邦建汉到曹丕建魏,历经四百零七年,二十九帝,"非刘氏而王者,人人得而诛之"的理念早就深入人心。所以,诸葛亮、姜维的北伐若胜利,之后三百年的分裂与战乱真的是可以消弭的。

我们在唏嘘慨憾之余,也看得到事情的另一面:纵然那一次的"分"绵延达四百年之久、几代人的时间，但"合"仍是人心所向、大势所趋。这在世界史中也是一个奇迹。

可见，若泛论天下大势，则合久未必分，分久也未必合。政治家的才学深浅有可能改变历史进程，但从长期来看，人民和文化的力量更为巨大。中国的统一，是祖先的智慧，也是历史的必然，是我们继承的珍贵财富。

浪花淘尽英雄，一樽还酹江月

斗转星移，掩卷之际，已是千年。那时的枭雄、奸雄、英雄，蠢人、恶人、智者、义士……全都早已消逝，连他们的子孙，也都已无从考稽。在历史的长河里，仿若真的"是非成败转头空"。读《三国演义》，和读别的小说有一个很大的不同，就是在小说大半部中活力无穷、建功立业的人物——曹操、刘备、关羽、张飞、诸葛亮、赵云、孙权、周瑜、鲁肃、黄盖、甘宁……到小说的后小半，竟都成了只存在于人们言谈中的"古人"，而到了最后，他们一生的功业——魏、蜀、吴三国，也全都烟消云散。《冰与火之歌》中的"凡人终有一死"，很多人觉得耳目一新，其实只是《三国演义》这个特质的复现。一部英雄争霸、轰轰烈烈、写功业、写权谋的小说，写到最后，却是这样的萧瑟景象，聪慧的读者难免会问：功业何用？权谋何用？

然而，再深想想，"转头空"的其实是那些"尚父""魏王""大帝"之类的尊号，是那些郿坞、铜雀台之类的奢靡，是朝堂的争长竞短，是战场的好勇斗狠，是得售其奸时的自鸣得意，是野心家们幻想的自家子孙"万世荣华之基业"。如果就以这些为功业，那功业确是无用，争得这些功业的权谋也就无用。但我们今天读《三国演义》仍然感动奋发，是为了什么呢？是为了桃园三结义"同心协力，救困扶危，上报国家，下安黎庶"的志愿，是为了刘备的仁民爱物、关羽的傲然神威、张飞的古道豪爽，是为了诸葛亮的大忠大智、决胜千里之外，是为了赵云的忠勇笃实……也是为了貂蝉、为了黄盖、为了董承、为了吉平、为了徐庶之母……也何尝不为了曹操的力抗袁氏、平定北方，为了孙策、孙权兄弟的礼贤拓土、兴业安民，为了孟获的迷途知返、率土来朝……他们中，有人成功了，有人失败了，有人纵观其一生甚至很难说是成功了还是失败了，无论如何，他们曾经慷慨举义，惩恶扬善，为国为民，舍生忘死。他们至死未看到他们期待的河清海晏，天下太平，可是这又如何？他们的梦想、精神和风姿长存天地之间，浪花淘尽英雄，江月却永耀神州。这，才是真正的功业。

快意恩仇:《水浒传》

市井与江湖

《水浒传》的世界是一个芸芸众生的生活世界。与《三国演义》相比,这个世界中的英雄并无重整乾坤、匡扶天下,或者横扫群雄、"建万年不易之基"的雄心抱负,李逵即使想到"杀去东京,夺了鸟位",也无非是为了兄弟们"在那里快活"(第四十一回"宋江智取无为军 张顺活捉黄文炳"),而宋江的"替天行道",图的其实也无非是兄弟们效力朝廷、做官吃禄。这不是朝堂上的理想,而是市井间的理想,是那时一个普通的市井小民生活愿望的最大化。

农业时代的市井,是一个既充满机会,又充满危险的空间。它远不像乡村那么有规可循,那么数十代如一日。

市井意味着陌生人随时可能闯进自己生活的街区,维系人们关系的也就不再是世世代代的"交情"与约定俗成的"礼法",而是官府的"王法"、趋利避害的"本能",与金钱的"交易";于是,敢于快意恩仇,傲视王法、悖逆趋利避害的原则、破坏金钱统治,而又能生存下来的人,就成了"好汉"。

纯粹的乡村是容不得"好汉"的。所以李逵必须逃离家乡，江州的市井是他第一个可以"大展身手"的舞台。"好汉"们生栖于市井，又凌驾于市井的"规矩"之上，他们在市井社会中自成一个世界，即"江湖"。

今天我们理解的"江湖"，多半来自武侠文化的影响。其实"江湖"是个来历很复杂的词：有时是自然界的"江"和"湖"，有时是远离政治中心的地方，而在连阔如的《江湖丛谈》中，则是卖艺人这个群体的生活空间。《江湖丛谈》中的含义，也许是与武侠的江湖最近的，而且都有门派、师徒、黑话、绝技、规矩等体系；但两者仍然存在着本质区别，毕竟我们很难想象白衣飘飘的大侠们以街头卖艺为生。

《水浒传》中的"江湖"，既与这些"江湖"有些勾连，又和这些"江湖"都不一样。《水浒传》中"好汉"们的那个世界，其实就是"法外之地"，或者说，官府势力莫及的地方就是江湖。

《水浒传》里最精彩的故事，正是发生在市井和从市井的土壤中生长出来的江湖。要理解水浒英雄的行事，就得先理解这两个"场域"。

紫石街连环杀人事件：市井乱象

我们先来看看官府势力能及的市井。《水浒传》

快意恩仇：《水浒传》

中有大量关于古代城镇社会刑事案的描写，其细致、精确的程度堪比刑侦档案。曾有人因此说写《水浒传》的人很可能其实是一个不得志的捕快或提刑官，这个说法固然颇为荒唐，但却绝不是毫无道理。当代学界公认《水浒传》是在漫长的时间里无数不知名的人共同创作的结晶。将这些故事和文字整理成书的人（无论他的名字是不是"施耐庵"），胸怀、兴趣和眼界远远大于衙门里的一个普通差吏，但是，长期积累的那些素材、片段中，的确必有一部分源自衙门里的刑事案卷，最大的可能是一些当过刑房书吏（即"押司"）的人流落说书场中，创作了这些原生态的"小说"，或者是说书先生因结交这些人而掌握并运用了这些材料。我们从《水浒传》中很著名的一段情节，即武松故事中的"为兄报仇"，就能看到此中端倪。

武松因为打虎，而得以与兄长武大相遇相认，并在武大定居的阳谷县当了都头，他去东京为县官押运赃银时，嫂子潘金莲与西门庆、王婆害死了武大，武松回家后杀了潘金莲和西门庆，也因此获罪发配，这才有了后来的醉打蒋门神乃至落草二龙山。从潘金莲等三人害死武大，到武松发配，构成了一个颇为完整的连环刑事案件纪事，而且记述的角度也满是刑房书吏视角、语气的痕迹。我们读读下边这一段：

看看天色黑了,那妇人在房里点上碗灯,下面先烧了一大锅汤,拿了一片抹布,煮在汤里。……那妇人先把毒药倾在盏子里,却舀一碗白汤,把到楼上,叫声:"大哥,药在哪里?"武大道:"在我席子底下枕头边,你快调来与我吃。"那妇人揭起席子,将那药抖在盏子里,把那药贴安了,将白汤冲在盏内,把头上银牌儿只一搅,调得匀了,左手扶起武大,右手把药便灌。武大呷了一口,说道:"大嫂,这药好难吃。"那妇人道:"只要他医治得病,管甚么难吃?"武大再呷第二口时,被这婆娘就势只一灌,一盏药都灌下喉咙去了。那妇人便放倒武大,慌忙跳下床来。武大"哎"了一声,说道:"大嫂,吃下这药去,肚里倒疼起来!苦呀!苦呀!倒当不得了!"这妇人便去脚后扯过两床被来,没头没脸只顾盖。武大叫道:"我也气闷!"那妇人道:"太医分付,教我与你发些汗,便好得快。"武大再要说时,这妇人怕他挣扎,便跳上床来,骑在武大身上,把手紧紧地按住被角,那里肯放松些。

——第二十五回"王婆计啜西门庆
　　　　　淫妇药鸩武大郎"

潘金莲的每一步操作,都是之前王婆教给她的。金圣叹在点评《水浒传》时,感慨说,这些手段

快意恩仇：《水浒传》

"王婆何处得来？其实耐庵何处得来？可见才子之心，烛物入镜"。在他看来这些都是施耐庵的"才子之心"想象出来的。但我们读来，总会觉得这些细节太像是写实了，或者说，能写出这样文字的人，实在是太关心也太熟悉妻子用毒药杀害生病丈夫的过程细节了。当然，我们不能否定"才子之心"经过深思熟虑的拟想、反复修改的打磨，是能达到这样的效果的；但且不说《水浒传》中像这样的情节何其丰富又多变，就只说这个叙事者奇怪的关注点，也实在不大像一个文人"才子"，而更像是个长期与衙门案卷打交道的人。

再读下去，这种感觉会更加强烈。武松回家惊见兄长灵位，又觉察到嫂子的神情、衣着、言语都有些奇怪，便着手调查兄长之死的真相，他先询问了处理武大尸首的团头何九叔，又顺着何九叔给的线索询问了知情人乔郓哥，搜集到了西门庆、潘金莲等人的罪证。小说中写何九叔和乔郓哥对武松说的话，俨然就是衙门里画押存档的口供单：

> 何九叔道："小人并然不知前因后地，忽于正月二十二日，在家只见开茶坊的王婆来呼唤小人敛武大郎尸首，至日行到紫石街巷口，迎见县前开生药铺的西门庆大郎，拦住邀小人同去酒店里吃了一瓶酒，西门庆取出这十两银子付与小人，分付道：'所敛的尸首，凡百事遮

盖。'小人从来得知道那人是个习徒，不容小人不接。吃了酒食，收了这银子，小人去到大郎家里，揭起千秋幡，只见七窍内有瘀血，唇口上有齿痕，系是生前中毒的尸首。小人本待声张起来，只是又没苦主——他的娘子已自道是害心疼病死了。因此小人不敢声言，自咬破舌尖，只做中了恶，扶归家来了，只是火家自去敛了尸首，不曾接受一文。第三日，听得扛出去烧化，小人买了一陌纸，去山头假做人情，使转了王婆并令嫂，暗拾了这两块骨头，包在家里。这骨殖酥黑，系是毒药身死的证见，这张纸写着年月日时，并送丧人的姓名，便是小人口词了，都头详查！"

郓哥道："我说与你，你却不要气苦！我从今年正月十三日提得一篮儿雪梨，要去寻西门庆大郎挂一钩子，一地里没寻他处，问人时，说道：'他在紫石街王婆茶坊里，和卖炊饼的武大老婆做一处——如今刮上了他，每日只在那里。'我听得了这话，一径奔去寻他。叵耐王婆老猪狗拦住不放我入房里去，吃我把话来侵他底子，那猪狗便打了我一顿栗暴，直叉我出来，将我梨儿都倾在街上。我气苦了，去寻你大郎说与他备细。他便要去捉奸，我道：'你不济事，西门庆那厮手脚了得，你若捉他不着，反吃他告了倒不好。我明日和你约在巷口取齐,你便少做些炊饼出来。我若张见西门庆入茶坊里去时,我先入去,你便寄了担儿等着,只看我丢出篮儿来,你便抢入来捉奸。'我这日又提了一篮梨儿,径去茶坊里,被我骂那老猪狗,那婆子便来打我,吃我先把篮儿撇出街上,一头顶住那老狗在壁上。武大郎却抢入去时,婆子要去拦截,却被我顶住了,只叫得'武大来也!'原来倒吃他两个顶住了门。大郎只在门外声张,却不提防西门庆那厮开了房门奔出来,把大郎一脚踢倒了。我见那妇人随后便出来,扶大郎不动,我慌忙也自走了。过得五七日,说大郎死了,我却不知怎地死了。"

——第二十六回"郓哥大闹授官厅 武松斗杀西门庆"

除了"都头详查"和"我说与你,你却不要气苦"这样的招呼语,以及"令嫂""你大郎"这样有特定谈话对象的称呼,剩下的话都直接可入案卷。其实从情理而言,何九叔和郓哥在酒馆饭店对武松说的话,不见得这么条理清晰,环环相扣,每一句都指向案情的重要关节,所以这些话更像是刑房书吏记录并整理的文本。时间、地点、人物、前因、后果、行事一一清晰,形成一目了然的证据链,用词语气又酷肖呈供人原来的声口,这正是"刀笔吏"

的本事。

总之，留存在《水浒传》中的这桩奸情人命大案，其曲折梗概和许多细节大概都是在现实中某时某地曾经真实发生过的，只是在说书艺人的辗转传授中融入了水浒好汉武松的遭遇之中。

如果到此为止，那么这只是西门庆、王婆、潘金莲等人心肠险恶的罪行，人类社会有史以来的任何时候，恐怕都难免有这样的恶人。（近世有很多人说潘金莲不是恶人，但在小说中确是她最后下毒手杀了武大，至少在那时候她是悖尽良知了。）他们这些人的罪恶并不是武松等水浒好汉上梁山的原因。真正体现了《水浒传》中市井秩序本质的，是此后发生的事情。

武松得知了哥哥之死的真相，还得到了人证、物证，自然去官府控告杀人犯们。此时的武松不是流落江湖之人，也不是平头百姓，甚至不是普通的衙门差役，而是堂堂的县衙都头，更是刚给知县办妥了要紧私事的"亲近人"。可是当他带着人证、物证进衙告状之后，遭遇的是什么呢？

> 原来县吏都是与西门庆有首尾的，官人自不必说，因此官吏通同计较道："这件事难以理问。"知县道："武松，你也是个本县都头，不省得法度。自古道'捉奸捉双，捉贼见赃，杀人见伤'，你那哥哥的尸首又没了，你又不曾捉

得他奸,如今只凭这两个言语,便问他杀人公事,莫非忒偏向么?你不可造次,须要自己寻思,当行即行。"武松怀里去取出两块酥黑骨头,十两银子,一张纸,告道:"覆告相公,这个须不是小人捏合出来的。"知县看了道:"你且起来,待我从长商议,可行时,便与你拿问。"……次日早晨,武松在厅上告禀,催逼知县拿人,谁想这官人贪图贿赂,回出骨殖并银子来,说道:"武松,你休听外人挑拨你和西门庆做对头。这件事不明白,难以对理。圣人云:'经目之事犹恐未真,背后之言岂能全信?'不可一时造次。"狱吏便道:"都头,但凡人命之事,须要尸、伤、病、物、踪,五件俱全,方可推问得。"

——第二十六回"郓哥大闹授官厅　　　　武松斗杀西门庆"

武松遭遇的,简单说就是四个字:"告诉无门"。知县和狱吏说到的"拿问"、"对理"和"推问",正是受理案件后首要的三个基本行动,这三个行动,他们都说不能做,那便是根本不受理这个案子了。我们仔细看武松的反应,会发现其实这个遭遇是在他意料之中的,因为当知县和狱吏一再推托的时候,他的情绪实在是太冷静了,一句多余的、激动中脱口而出的话都没有。当官府两次表示了拒绝受理他的控告，而且连证物都退给他之后，他立刻简单地说了一句："既然相公不准所告，且却又理会。"这意味着他的"B计划"其实早就准备好了，而且几乎笃定是用得上的。进衙告状，只是"走个过场"而已。刚才说过，武松此时的身份是县衙都头，又多少算是知县的亲信；也正因为如此，知县和狱吏们才推托得这般"客气"。可想而知如果武松只是个平头百姓，他在控告西门庆后又会遭遇官府什么样的对待。

武松在"相公不准所告"之后是如何"且却又理会"的，我们都很清楚了：他私设刑堂，拿到了王婆和潘金莲的口供，当场杀了潘金莲，又寻去酒楼斗杀了西门庆，然后带着两颗人头、两份供状，押着王婆再次来到官府衙门。读小说的人大多会觉得这是大快人心的情节，特别是看过了武大如何无辜惨死、西门庆之流如何嚣张跋扈、武松如何有冤难申之后，这个情节读来岂不扬眉吐气；后文武松只判了个刺配孟州，读者也觉得理所当然，甚至觉得还是判得重了——好汉武松伸张正义、为兄报仇，本就不该获罪。但我们如果细想想，再细读一遍小说原文，或许在扬眉吐气的同时也会觉得有什么地方很不对劲，这个扬眉吐气，也并不那么爽朗痛快了。

本节的标题取作"紫石街连环杀人事件"，其实就暗含了这个意思。所谓"连环杀人事件"，第一件杀人事件是西门庆、王婆、潘金莲杀死武大，第二件杀人事件是武松杀死潘金莲，第三件杀人事件是武松杀死西门庆。月余之间，三起命案。其中前两起的发生地点就是紫石街，第三起的发生地点虽是狮子桥边，但源头在紫石街，而且在最后定案存档的案卷中记载的是从紫石街斗杀到狮子桥边，所以可以统称为"紫石街连环杀人事件"。最后刑部的判决也是三案同判的。先前县官不惩处杀害武大的西门庆等人，是徇私枉法；后来武松杀人案的轻判，却也是徇私枉法：

> 且说县官念武松是个义气烈汉，又想他上京去了这一遭，一心要周全他，又寻思他的好处，便唤该吏商议道："念武松那厮，是个有义的汉子，把这人们招状，从新做过，改作：'武松因祭献亡兄武大，有嫂不容祭祀，因而相争，妇人将灵床推倒；救护亡兄神主，与嫂斗殴，一时杀死。次后西门庆因与本妇通奸，前来强护，因而斗殴；互相不伏，扭打至狮子桥边，以致斗杀身死。'"
> ——第二十七回"母夜叉孟州道卖人肉
> 　　　　　武都头十字坡遇张青"

当然，西门庆、潘金莲杀人偿命，也是罪有应得，但法律的目的之一正是终止私刑复仇，将复仇改变为公权力的惩罚，古今中外，法律都承担着这样的使命。所以，武松的私刑复仇属于违法的行为——这并不是指责武松，而是说当时绝非任何人替亲人报仇、私刑杀了杀人犯，都只判个流放而不以故意杀人论处的。武松之所以得到轻判，在县官那里有两个原因，一个是我们最认同的——"念武松是个义气烈汉"；但只有这个是不够的，最重要的其实是另一个"又想他上京去了这一遭"，即给县官办过私事。我们这么揣测并不是冤枉这个县官，此前他那么偏袒西门庆，正是因为他和西门庆"有首尾"，也就是有利益往来。而在法律文件中，轻判的有力依据则是杀人起因：潘金莲在武松祭祀武大时主动寻衅，还推倒了武大的灵床。这两件事在当时都是重罪，潘金莲虽然狠心杀了武大，但这两件事她可实在是一件都不曾做过，纯粹是县官和县吏故意栽赃给她的。这正是这个"连环杀人事件"进入司法程序后的荒诞之处：司法者先是视而不见潘金莲实际做过的罪行，后则又给潘金莲强加了并不存在的罪行，目的都是徇私枉法。

现在我们可以总结一下《水浒传》世界中市井的状况。和县官、县吏"有首尾"的人、肯花钱贿赂的人，杀了人也可以逍遥法外；希望申冤的死者亲属得不到任何司法支持；但当死者亲属采用私刑复仇之后，因为也和县官有利益关系，所以又可以经由法律文书的任意修改而得到轻判。在这样的市

快意恩仇：《水浒传》

井中，法律只是具文，公权力成了私利的玩物，真正起作用的其实只有金钱和暴力，两者间金钱才是根本。有暴力而无金钱的武松，凭自己的暴力报了仇，并在报仇之后仍然"合法"地活了下来，但毕竟成了面颊刺字、遭到流放的罪犯。市井无疑不适宜他这样的好汉生存。那么，江湖又是怎样的呢？

黑店·野猪林·快活林：江湖地狱

在即将到达流放地的时候，武松和押解他的两个差人，就踏进了一个典型的江湖世界。那是一家客店。古代走江湖的人，都免不了时常要在"无人区"的客店里吃喝、住宿，所以荒野的客店正是江湖秩序的一个缩影。在正常的、稳定的江湖秩序中，这些客店的费用会比别的客店高，这些客店的经营者也一定是老江湖，但是，客店绝不会伤害任何住店的人，而且还有在店里不准动武斗殴、行凶偷盗的规矩：仇人在这样的客店相见，也只能在离开客店之后再了结仇怨；"荣字儿"的（即小偷）在这样的客店瞄定了目标，也只能在离开客店之后再寻机下手。否则，便是"江湖乱道"，既得罪了店主，也从此不能容于江湖之中了。

然而，在《水浒传》的世界里，这个"正常的、稳定的江湖秩序"荡然无存，好汉们在客店竟也是九死一生。武松江湖经验丰富，心思缜密，所以在十字坡的这家客店里化险为夷,还结交了店主夫妇,然而据这店主夫妇张青和孙二娘自述,许许多多的人都命丧在荒村野店之中,他们夫妇的谋生方式竟然是:"……来此间盖些草屋,卖酒为生,实是只等客商过往,有那入眼的便把些蒙汗药与他,吃了便死,将大块好肉,切做黄牛肉卖,零碎小肉,做馅子包馒头,小人每日也挑些去村里卖,以此度日。"只看到这里,似乎遇害的都是过路的商人,"好汉"们之间的"江湖道义"还在,可以无虞,然而再看下去,就知道大大不然,因为店主又讲述了他们这店里"争些儿坏了一个惊天动地的人,原是延安府老种经略相公帐前提辖,姓鲁名达……江湖上都呼他做花和尚鲁智深,使一条浑铁禅杖,重六十来斤。也从这里经过,浑家见他生得肥胖,酒里下了些蒙汗药。扛入在作坊里,正要动手开剥,小人恰好归来,见他那条禅杖非俗,却慌忙把解药救起来,结拜为兄"。读《水浒传》的人都知道鲁智深是何等英雄,然而若张青那天回家稍微晚一些,这"惊天动地"的英雄也就在这客店里眼睁睁地遭"开剥"而死了!这样的事是真正发生过的:"只可惜了一个头陀,长七八尺一条大汉,也把来麻坏了,小人归得迟了些个,已把他卸下四足。如今只留得一个箍头的铁界尺,一领皂直裰,一张度牒在此……"(第二十七回"母夜叉孟州道卖人肉 武都头十字坡遇张青")这大汉若活下来,或许也能成为水泊梁山的头

快意恩仇：《水浒传》

领之一，可是些许蒙汗药"麻坏了"之后，多大的英雄好汉也只是任孙二娘开剥宰割的一块新鲜肉罢了！我们从鲁智深和那个魁梧头陀的遭遇看，其时江湖之险恶无理，与其时官府治下的市井一样。

在远离人烟聚集的地方，纯粹江湖的荒野客店之外，还有一个奇特的边缘地带，在《水浒传》中以"野猪林"为代表。小说里押送犯人去流放地的"公人"们称这样的地方是"猛恶去处"，小说的叙事者也以"猛恶"这个词形容这些林子，告诉读者："宋时这座林子内，但有些冤仇的，使用些钱与公人，带到这里，不知结果了多少好汉。"（第八回"林教头刺配沧州道 鲁智深大闹野猪林"）武松未遭此厄，但林冲和卢俊义两大英雄却都险些命丧野猪林。两次在野猪林行凶者都是董超、薛霸，现代作家聂绀弩作诗言此二人"解罢林冲又解卢，英雄天下尽归吾"[①]，语虽滑稽，却实为沉痛之言；而林冲、卢俊义在野猪林也果真都是"泪如雨下""束手就死"。林冲是堂堂八十万禁军枪棒教头，卢俊义是大名鼎鼎的河北玉麒麟，两人到了梁山都是有山寨之主候选人资格的，可谓豪杰中的豪杰、好汉中的好汉，可是在野猪林时，竟然在董超、薛霸两个不入流的小人面前无能为力地流泪！真是英雄至此，谈甚英雄！

---

① 聂绀弩：《水浒人物（五首）》之《董超薛霸》，《聂绀弩旧体诗全编》，武汉出版社2005年版，第90页。

侥幸逃过了"野猪林",却还有一个尤为凶险无望的"野猪林"吞噬着好汉们,那就是牢城营。《水浒传》中的牢城营,也像野猪林一样是个边缘地带,然而在野猪林里有鲁智深仗义救林冲,有燕青忠心救卢俊义,董超、薛霸之流的骄横还有克星,好汉还可以寄望于武力超群的朋友惩恶扬善;若进了牢城营,就再难有鲁智深、燕青从天而降了。牢城营的管营是为所欲为的,手握生杀予夺的权柄,囚徒们无论之前是什么样的硬汉,也只得低头屈膝、乞求哀怜,否则,就有"盆吊"和"土布袋"之类残酷的滥刑害死他们——

> 武松道:"还是怎地来结果我?"众囚徒道:"他到晚把两碗干黄仓米饭来与你吃了,趁饱带你去土牢里,把索子捆翻,着蕈荐卷了你,塞了你七窍,颠倒竖在壁边,不消半个更次,便结果了你性命,这个唤作'盆吊'。"武松道:"再有怎地安排呢?"众人道:"再有一样,也是把你来捆了,却把一个布袋,盛一袋黄沙,将来压在你身上,也不消一个更次,便是死了,这个唤'土布袋'。"
> ——第二十八回"武松威震安平寨 施恩义夺快活林"

牢城营中,披枷戴锁,武力无效;任人宰割,走江湖的经验无效；命若草营，大宋律法之类连装装样子都不必了。还有效的只剩一样东西，那就是赤裸裸的利益。这个利益粗分两种，细分四等：一种在营里，上等的是拿银钱"孝敬"营里的大小官吏，下等的是不辞烦苦地恭恭敬敬给营里大小官吏们服劳役；另一种在营外，上等的是身后有官吏们用得上的人物做后台、承人情，下等的是能充打手，为官吏攫取非法利益。林冲进牢城营时，因家有妻子，所以忍辱负重，恰好有柴进的庇佑，于是走的是银钱"孝敬"和依凭人情的路；武松进牢城营时，光棍一条，一身硬气，既不拿钱，更不恭敬，但最后依然是给管营家充了打手。只是他这个打手，本领实在超群拔俗，小管营施恩又懂得好汉义气，所以待他以兄弟朋友之礼，甚至"似爷娘一般敬重"（第三十回"施恩三入死囚牢　武松大闹飞云浦"）——然而无论待以何礼，他当时让武松做的终究也还是打手的事，就好像战国时燕太子丹以上宾之礼待荆轲，也无非是雇荆轲去卖命杀人。

施恩自己说得清楚："小弟此间东门外有一座市井，地名唤作'快活林'，但是山东、河北客商们都来那里做买卖，有百十处大客店，三二十处赌坊兑坊。往常时，小弟一者倚仗随身本事，二者捉着营里有八九十个拼命囚徒，去那里开着一个酒肉店，都分与众店家和赌钱兑坊里，但有过路妓女之人到那里来时，先要来参见小弟，然后许他去趁食那许多去处。每朝每日都有闲钱，月终也有三二百两银子寻觅，如此赚钱。"（第二十九回"施恩重霸孟州道　武松醉打蒋门神"）武松虽有"天神"之誉，此时却何尝不是与那"八九十个拼命囚徒"一样行事呢？施恩的"快活林"，是个典型的"黑社会"地盘，霸占着当地的赌博、高利贷、色情等暴利行业，小说回目中说武松出手殴斗之后的效果是"施恩重霸孟州道"，这个"霸"字恰如其分。敢与孟州牢城营管营家族争夺这个黑社会地盘的，是孟州守御兵马督监暗中扶持的力量，公开出头的则是统领牢城营官军的团练，至于"蒋门神"也只是这个团练的首席打手兼"经理人"罢了。在孟州道，这些"朝廷命官"纷纷利用手中的权力和暴力争夺这块非法暴利的肥肉。武松盖世英雄，却也和蒋忠一样做了这场逐利中的棋子。

　　回顾武松离开阳谷县紫石街之后的遭遇，真是九死一生：在十字坡，若非异样敏醒，险些死于人肉案板；在一路经过的旅店、林子里，若是有仇人买动公人，怕也有沸水伤足、树下殴毙之危；到了牢城营中，若非管营父子急需高手去战蒋忠，不知他如何活过"盆吊""土布袋"之刑。因卷入"快活林"之争而遭倾陷，若非管营家花钱、卖人情维持，兼以他自己本事大到竟连枷都能扭得断，则或死囚牢中，或法场上，或厅杖时，或偏僻处，哪里不坏了他性命！只这次次死里逃生，武松在江湖世界也

快意恩仇：《水浒传》

称得起一个传奇了。这大概是创作者将"好汉"们冀望而难得、一生遇到一次都喜出望外的重生之福，全都给了他笔下的武二郎。这样荡气回肠、英雄无敌的故事毕竟最多是江湖生涯的特例，而从这个故事的无数缝隙透露出来的是这个江湖的失序、失德、杀机重重。

好汉们早就与乡村互相舍弃；市井不适于好汉们的生存；好汉们只剩下江湖，而江湖又是如此。那好汉们到底该如何自处呢？懂得了这个自处之难与自处之法，我们才能理解宋江的故事。

名行天下

宋江的刺配"奇遇记"

宋江是个谜。

自古读《水浒传》的人，谈《水浒传》的人，都感到宋江是书中最难说清楚的。他其貌不扬，武功在众多好汉之中简直就是末流，无晁盖之豪气，无柴进之富贵，无吴用之智，无萧让之学，可谓武不能武、霸不能霸、财不能财、文不能文；他的大方针即"受招安"，水泊中许多大头领都或明或暗地反对，尤非四方豪杰的公意与共识。那他怎么就成了天下英雄心悦诚服的梁山之主?

为了解开这个谜,我们可以先从他遭到刺配从郓城到江州一路的经历说起。

那时候的宋江,是个前押司、服刑犯人,他服刑的罪名说起来也实在不是什么英雄壮举,却是杀了自己的小妾。论起来,哪个江湖豪强如果遇见一个曾做过押司因为杀了小妾而刺配的罪犯,也不大可能会特别看顾,可是这一路的大小豪强——李俊、李立、童威、童猛、穆弘、穆春、张横,见了宋江何止是特别看顾而已,那都是拜伏在地,尊崇无尽。

我们当然可以说,他们拜的不是押司,更不是杀了小妾的事,而是宋江这个人。可是,他们拜的真的是宋江这个人吗?

宋江刺配的故事最精妙的地方就是:每个豪强都不是与宋江一照面就恭敬;相反地,他们都先是计划杀了这个人,有的为了抢钱,有的为了解恨。从"欲杀"到"拜伏",转折点就是他们知道了他是宋江!

那么当我们说"宋江这个人"时,我们说的是什么?他的身体样貌、他的想法谈吐、他的人生经历、他的社会地位……虚虚实实,共同构成了他这个人。而我们说大小豪强"见了宋江"就"拜伏在地,尊崇无尽"时,说的又是什么?至少李立、穆弘、穆春、张横见了宋江的外貌是并不尊崇的,宋江与他们说了话,也未展露什么令他们茅塞顿开的思想,所以"宋江这个人"的这些成分,绝不是他们拜伏的原因,他们见了这些,也并不是"见了宋江"。"宋江"和世间万事万物一样,有名有实,而豪强们拜伏的,毋宁说是宋江的"名"而非宋江的"实"。见到一个黑矮肥胖的囚徒,听到这个人的谈笑,都未算是"见了宋江",所以也并无拜伏、尊崇之事,反而计划杀了他;待得知道此人就是那个宋江,这才是"见了宋江",这才拜伏、尊崇。这个现象,我们可以概括为:"睹人欲杀,闻名即拜。"

这八个字,在宋江此前逃亡之时也曾上演,那是他与武松离别,去清风寨会知寨花荣的路上,在清风山的遭遇:

> 那燕顺酒醒起来,坐在中间交椅上,问道:"孩儿们,那里拿得这个牛子?"小喽啰答道:"孩儿们正在后山伏路,只听得树林里铜铃响,原来这个牛子独自个背些包裹,撞了绳索,一交绊翻,因此拿得来献与大王做醒酒汤。"燕顺道:"正好!快去与我请二位大王来同吃。"……当下三个头领坐下,王矮虎便道:"孩儿们快动手,取下这牛子心肝来,造三分醒酒酸辣汤来!"……那小喽啰把水直泼到宋江脸上。宋江叹口气道:"可惜宋江死在这里!"燕顺亲耳听得"宋江"两字,便喝住小喽啰道:"且不要泼水!"燕顺问道:"他那厮说甚么'宋江'?"小喽啰答

道:"这厮口里说道'可惜宋江死在这里'。"燕顺便起身来问道:"兀那汉子,你认得宋江?"宋江道:"只我便是宋江。"燕顺走近跟前又问道:"你是那里的宋江?"宋江答道:"我是济州郓城县做押司的宋江。"燕顺嚷道:"你莫不是山东及时雨宋公明,杀了阎婆惜逃出在江湖上的宋江?"宋江道:"你怎得知?我正是宋三郎宋江。"燕顺吃了一惊,便夺过小喽啰手内尖刀,把麻索都割断了,便把自己身上披的枣红纻丝衲袄脱下来,裹在宋江身上,便抱在中间虎皮交椅上,便叫王矮虎、郑天寿快下来,三人纳头便拜。

——第三十二回"武行者醉打孔亮
锦毛虎义释宋江"

武松在十字坡遇到的是卖人肉的凶徒,宋江在清风山遇到的却是吃人肉的魔王。燕顺、王英看到宋江,都只称他是"这个牛子",待到燕顺从宋江口中听见"宋江"两个字,虽不知他就是宋江,称呼却已变成"他那厮",这固然也是蔑称,可却已从视若牲畜变成了比较平等的态度;再发觉这个人有可能就是宋江,于是称呼又变成"那汉子";乃至反复地认准了他竟然就是"那个"宋江,可就急火火地大礼参拜了。

如果读到这里,觉得这些人有些可笑,那我们还看看再之前,天神似的硬汉武松又是如何。小说

里记述宋江和武松的初遇是这样的:

> 宋江仰着脸,只顾踏将去,正跐在火锨柄上,把那火锨里炭火都掀在那汉脸上,那汉吃了一惊,惊出一身汗来。那汉气将起来,把宋江劈胸揪住,大喝道:"你是甚么鸟人,敢来消遣我!"……却待要打宋江。
>
> …………
>
> 柴进指着宋江,便道:"此位便是及时雨宋公明。"那汉道:"真个也不是?"宋江道:"小可便是宋江。"那汉定睛看了看,纳头便拜,说道:"我不信今日早与兄长相见!"
>
> ——第二十二回"阎婆大闹郓城县
> 朱仝义释宋公明"

这个情节也是武松在《水浒传》中的登场亮相,此后近十回的豪情壮举,就起于此处。武松确是比那些占山霸镇的豪强有体面,他只是"要打宋江",不是要杀宋江,而且这个要打也有理,终究宋江吃醉了酒脚下乱踏,是宋江有错在先的。可是当武松知道自己要打的这个醉酒的"鸟人"竟是宋江,在"定睛看了看"之后,也一样是"纳头便拜"。可见,长这个样子的人冒犯、"消遣"了武松必是要挨打的,而"是宋江"的人却无论如何是要受拜的。此事我们将"睹人欲杀,闻名即拜"改一个字就可以了："睹人欲殴，闻名即拜。"

总之，宋江成为众望所归的梁山之主，大概就是因为他的这个威力无穷的"名"，说到底，是与他的名字连成一体的"名声"：呼保义、及时雨。在小说中，与他齐名的人是卢俊义，号称"山东呼保义""河北玉麒麟"（第七十一回"忠义堂石碣受天文 梁山泊英雄排座次"），说起来，"玉麒麟"的名声，比"及时雨"还华丽尊贵，比"呼保义"则又俊逸响亮，卢俊义其人又是仪表堂堂、武艺高强。可是，在好汉们心中，卢俊义"玉麒麟"这个名声无疑还是逊于"呼保义""及时雨"这个名声，所以卢俊义落难时不像宋江那样牵动江湖人心，落草后也绝无宋江那样的威望。那么"呼保义""及时雨"的名声究竟为何那么所向披靡？宋江一介小吏，又是何以有了这些名声呢？

宋江的谜底

关于宋江名声的来历，今天可以看到许多论调。比如有人说，宋江其实是个贪官，他拿贪污的钱拉拢讨好那些游手好闲的人，这些人常年走南闯北，便将他的名声远播四方了；还有人说，宋江真正声名鹊起是因为私放晁盖，而他做这件事，是经过精心谋划的一次巧诈的市恩卖好。总之，在这些人看来，宋江的好名声是坑蒙拐骗的，而他竟然凭此成

快意恩仇：《水浒传》

了《水浒传》的头一号角色，可见只有厚黑才能吃得开，混社会就是这么现实……

这又是将书看小了。

先不说宋江是不是贪官，如果他的名声是花钱买的，那么柴进比他有钱，也比他花得多，多少梁山好汉都曾投奔沧州柴大官人，庄中常年豪杰满座，为何却并无"呼保义""及时雨"的名声呢？先不说宋江私放晁盖等人是不是巧诈市恩，如果因为他私放晁盖就名倾江湖，那么，朱仝和雷横也私放晁盖，还私放宋江，为何他们成不了好汉们闻名即拜的江湖至尊？

现在再来辩辩"贪官"和"市恩"的罪名。

说宋江是贪官的人，证据就是小说中讲他"仗义疏财"的文字："但有人来投奔他的……便留在庄上馆谷，……端的是挥金似土。人问他求钱物，亦不推托，……时常散施棺材药饵，济人贫苦，赒人之急，扶人之困……"（第十八回"美髯公智稳插翅虎　宋公明私放晁天王"）于是他们说：宋江一个小小押司，官俸能有多少，经得起这样到处花钱？至少是"巨额财产来源不明"吧，兼之就在这些文字不远处，还说他"吏道纯熟"，在他们看来，"吏道"是什么？还不就是怎样欺上瞒下多弄钱财？而且，宋江杀人之后，我们看到，他三年多前就有个"预先开的门路"，即安排父亲"告了他忤逆在官，出了他籍"（第二十二回"阎婆大闹郓城县　朱仝义释宋公明"),为的就是自己若犯了罪责,可以不牵连父亲和弟弟;他家中佛堂还有一个秘密的地窖,是为了危急时藏身的。于是他们又说:这些不都是宋江自知贪赃枉法的铁证吗?试问哪个安分守法的人会早早为遭了通缉的"善后"做这么精心的筹谋?

说来似乎也有些真,可是我们别只记得宋江是个押司,却忘了他本是地主家的大少爷。宋江的父亲称"宋太公",家住庄院,而且这庄院大到三四十个士兵才能形成合围之势;宋太公款待三两个公人,就"宰杀些鸡鹅",又"赍发了十数两银子"。(第二十二回"阎婆大闹郓城县 朱仝义释宋公明")当时社会贫富悬殊,像宋家这样的,虽非豪门巨富,可是与那些流落江湖的好汉、当地的急困贫苦人比起来,却是很宽绰的了,何况宋江平日不喜酒色,宋太公和宋清也是俭朴度日(据评书家说,宋清的外号"铁扇子"即是精细吝啬之意),那么宋江花钱交朋友、扶危济困,将别的地主家花天酒地或买房买田的钱作为一些人的平常用度,也不是难事,浑不须什么"赃款"支撑。金屋藏娇阎婆惜大概是宋江平生最大的一笔为自己的花费,最后却成了大惨事,可堪浩叹。像柴进那样家中常养四方好汉的气象,宋江是支撑不起的,他也只是量一己之力而为之,小说中的叙述是很有分寸的。而且他的名声还有一半来自"时常散施棺材药饵,济人贫苦,赒人之急,扶人之困",这都是当地民间的风评,如果他的钱财来自当酷吏巧取豪夺，然后又拿这些钱财急公好义、造福乡里，那岂不是失心疯吗？当地人又怎么可能爱戴那么一个古怪的押司呢？至于出籍和地窖，那也不必是因为有了贪污之事，只看他竟敢私放劫夺太师生辰纲的人，就知其平日肝胆，何况他结交了那么多江湖好汉，难道还不是随时可能罹于法网吗？

至于说宋江私放晁盖是个巧诈市恩之事，那就尤其深文周纳，可以说实在是"欲加之罪"了。他们说：宋江和晁盖本来也不怎么熟，不然何以劫生辰纲的事宋江之前一无所知？何以晁盖的亲密伙伴吴用居然从未见过宋江？那么，既然不怎么熟还偏去报信，就有所图，图的什么？一是能搭着晁盖他们这惊天动地的大事在江湖扬名；二是晁盖日后报答，能分得生辰纲的好处；三是刻意给与己不合的新知县时文彬抹黑添乱。为了坐实这第三点，他们还称时文彬是清官，所以与宋江这个污吏当然有矛盾。

这个逻辑实在奇怪，如果宋江此后继续做押司，晁盖他们怎么可能大肆宣扬宋江救他们的恩德？那是会害死宋江的。既然宣扬不得，那宋江又能因此扬什么名？如果宋江从此弃了押司的饭碗，那他给时文彬抹黑添乱还有什么意义？而且宋江为什么弃了押司的饭碗啊？分了生辰纲之后落草入伙？我们在小说后文里清清楚楚地看到宋江多次坚拒落草。何况，晁盖他们逃亡之后将会如何，是死是活他们自己都说不准，据小说之言，连公孙胜的法术都起了作用，他们才逃出了官府的追捕，那么，宋江在飞马给晁盖报信的时候，凭什么敢希冀能分得到生辰纲？

所以，巧诈市恩是不可能的，然而这个论调却也点出了书中几处细节：宋江自己说晁盖是他的"心腹弟兄"（第十八回"美髯公智稳插翅虎　宋公明私放晁天王"），可是晁盖劫夺生辰纲这么大的事，宋江事前事后都不与闻，和晁盖共谋的吴用那时也与宋江从未谋面。这几处细节此前少有人言，却正是破解宋江之谜的门径之一。

当然，晁盖劫夺生辰纲的事既不邀宋江参与也不给宋江知道，本来就是合情合理的。毕竟宋江是地主、押司，自有安乐茶饭吃，而晁盖他们邀的阮氏三雄、白胜都是困顿绝望之人，那才邀得出口；既然如此，给宋江知道这事就只是白白地令宋江吃惊吓、担干系，晁盖何必那么做呢？可见这些细节本身顺理成章。就是这些顺理成章的细节，却意味着：宋江的的确确和此事毫不相干。从晁盖和宋江的心腹交情来说，晁盖决心做这舍命之事的时候，是将宋江划在了"安全区"的，犹言"做哥哥的拼了，兄弟你还安稳做你的押司就是"；宋江得知了济州府的缉捕公文，原也可以不动声色地在"安全区"尽尽心意，比如在衙中、狱中为他们上下托托人情。一部《水浒传》中这样的小吏是很多的，也不失为懂义气的人，好汉们也都感激，所以宋江原不必自己搅进去。可如若那样，宋江却也就只是个懂义气的普通小吏了。他出众的地方，正是他在这样的情况中毫不犹豫地冲出"安全区"，以智以勇舍命为晁盖报信，犹言"哥哥如此，做兄弟的也拼了！"

宋江之为宋江，不在他的"巧"，正在他这"愚"。

宋江的愚劲，在他与武松的结交中也流露得淋漓尽致。宋江遇见武松，是在自己逃亡到柴进庄上避难之时，以俗礼而论，困顿投奔，在人屋檐下，承人抬举，是得懂点事儿的，否则就成了不识抬举。可是宋江一与武松论交，似乎就有些得意忘形了，明明看得出武松在柴进庄上落落难合，却立刻当着柴进向武松表达钦敬仰慕之情，后来又"将出些银两来与武松做衣裳"，又"每日带挈他一处饮酒相陪"（第二十三回"横海郡柴进留宾 景阳冈武松打虎"），全不顾柴进才是主人，自己和武松一样都是寄食的客人，几乎全无体统可言。他此时这个行事，简直有些像是《天龙八部》中段誉见了王语嫣之后的"向来痴，从此醉"！好在柴大官人也真是妙人，虽然此前误信小人之言而不喜武松，但一见自己敬重的宋江如此看待武松，便也立刻改容相待，邀武松高坐饮酒，给宋江、宋清、武松三人做绸绢衣裳，武松动身回家时，又是挽留，又是送金银、治酒食。读书至此，真当痛哭三声，再为宋江、武松、柴进三位脱略形骸的大英雄连饮三杯烈酒！

宋江之愚，便在这两样：只是周全朋友性命，只是爱惜结纳好汉。宋江响彻江湖、令天下英雄心折的名声与威望，也便在这两样。

这不是说宋江缺乏聪明机智，他为了救晁盖，那一番掩人耳目的"马术"就颇机智，他调兵遣将时也有智谋，但这些聪明机智并非他的大本领，他的愚劲才真的是卓尔不群。

"呼群保义"：水浒之魂

宋江是水浒一百零八将之中外号最多的，他在第十八回刚一出场，就有两个外号——孝义黑三郎、及时雨，可是后来他在梁山大聚义时大书于石碣、旌旗、告示之上的，却是第三个外号：呼保义。

孝义黑三郎和及时雨，都很容易理解，这个呼保义却是颇为费解的一个词。前人做了许多研究，从古籍中寻到"保义"二字的来历和用法，追溯宋江故事中这个外号的源流，迄今亦未有定论。但就《水浒传》小说文本而言，大概当以百二十回本第七十一回中那篇赞词中的"惟宋江肯呼群保义，把寨为头"，理解创作者的意思。（顺便说一句，有的评书中称宋江为"呼天保义"，虽然很有气势，但于文献无征，意思也欠通，或许是老辈艺人的讹传或杜撰）也就是说，呼保义是登高一呼召集大家携手扶保义气的意思。

快意恩仇：《水浒传》

我们刚才说了宋江名扬江湖的秘密在于他的愚，可是还未说清为何从盖世英豪到一方霸王，为了宋江的这个愚就拜伏他、尊崇他为天下群雄之首。好汉们敬重宋江的为人，爱与他结交，这都很正常；可是他们中的很多人，比如穆弘、穆春之流，周通、李忠之辈，根本未梦见过学宋江的愚，宋江绝非他们心中的楷模，可是他们也拜伏宋江，又是何故？呼保义这个载于梁山泊"正典"的外号就是其中奥秘。

这里就说回到水浒世界中好汉们的生存困境：决定市井的是金钱，江湖又到处杀机重重。一身本领、快意恩仇的好汉们如何自处？他们能依赖的只有"义"。可是如何谈义？与谁谈义？相互结义的人当然可以论义，那么与陌生人相遇时怎么办？须知好汉们的江湖最根本的特点就是离开了乡土、家族的熟人社会，与陌生人的相遇相处成为日常。失序的市井和江湖俨然是刘慈欣说的黑暗森林，陌生人相遇即落进猜疑链的怪圈①，这样的事，鲁智深和史进之间、林冲和杨志之间、武松和孙二娘之间、李逵和张顺之间……都曾发生（鲁智深和史进，是原本认识，但在赤松林相遇时却彼此误当作了陌生人），推想起来，每日在江湖中都少不了。这严重地

---

① 关于"黑暗森林"和"猜疑链"的理论，见刘慈欣《三体Ⅱ·黑暗森林》，重庆出版社2008年版，第441—445页。

增添了好汉们生存的成本，也造成了这个群体力量的内耗。这时候，宋江这个人物的横空出世就给了好汉们解决的方案。当宋江的赤诚仁厚成了众多好汉的共识，这个共识本身就会在江湖世界生长，于是谈宋江就是谈义，与尊崇宋江的好汉就可以论义：宋江从一个人变成了义的符号。有了这个符号，好汉们就易于交流互益，就可以形成大规模的合作，这才会出现"三山聚义""众虎同心"，乃至"群龙入海"这样的盛况，也才有梁山泊那"说时豪气侵肌冷，讲处英风透胆寒"的磅礴气势。这时，宋江相貌如何、武艺如何、才智如何，乃至曾做什么、主张什么，都毫无关系了，他就是义，就是好汉们的旗帜，就是快意恩仇的基石，就是水浒的灵魂。

征夫怀远路，谈笑看吴钩

有人说《水浒传》就是暴力分子之书、黑社会之书（比如无斋主人的《"黑"话水浒》、十年砍柴的《闲看水浒》等），梁山好汉从宋江到戴宗，从鲁智深到李逵，都是社会恶棍，只有林冲本是个遭权贵迫害的好人，可惜沦落到了黑道也就只能遵守黑道的规矩；好汉们的人生轨迹，就是从顺民到暴民再到奴才的死结……

快意恩仇:《水浒传》

这就好比说从奥德修斯到唐·璜都是渣男,从堂吉诃德到格里高尔·萨姆沙都是精神病人,从伊丽莎白·班纳特到安娜·卡列尼娜都是情场猎手……非得说是,也是,还真只有熟读原著的人才论得出;可是再仔细想想,又绝不是这么回事。

梁山一百单八将里,确是有恶棍的,比如穆弘、穆春这样的地方恶霸,周通这样强抢民女的败类,张青、孙二娘、燕顺这样草菅人命的歹徒……也有李忠这样的庸人、董平这样的小人。所以,当我们概而称之为"梁山好汉"时,这个"好"实非道德界定。然而,纵横在《水浒传》的英雄气概、侠者之风、豪情逸致、抵抗精神、公正理想,实为此书的骨肉血脉,也实为人类共同的精神财富,正如《奥德修纪》的坚毅与智谋、《堂吉诃德》的奇情异想、《傲慢与偏见》的自强意志、《安娜·卡列尼娜》的悲悯与自由情怀……

那些论者说的,其实是书中好汉们的困境,也就是我们前文反复讲到的"失序"。市井失序,滋生了"江湖",江湖失序,于是"八方共域,异姓一家"(百二十回本第七十一回),"人人勠力,个个同心"(百回本第七十一回)的梁山泊成了好汉们的理想。金圣叹的七十回本末尾"梁山泊英雄惊恶梦",在极热闹、极风光、极快意的"大聚义"之后立刻以卢俊义梦见梁山全伙遭殄的冷峻笔墨煞住,透视的是好汉秩序理想与天下秩序理想的根本悖论。百回本和百二十回本在大聚义的兴旺景象之后即写重阳节宴会因"招安"之争不欢而散,后文又写到招安之后梁山兄弟在东征西讨和奸佞陷害中零落殆尽,透视的也是在天下失序的时空中好汉秩序的脆弱无力。《水浒传》的创作者很清楚,梁山不是真正的解药,唯有天下太平、治理公正,方能人尽其才、自得其乐。

这个理想,水浒好汉们一生望之遥遥、趋之无路,此之谓"征夫怀远路"(语出《文选》之《苏子卿诗四首》),可是行走江湖的快意恩仇、梁山聚义的豪情万丈,毕竟传之千古,永不磨灭,此之谓"谈笑看吴钩"(语出《水浒传》卷首词)。

传情入色:《红楼梦》

楼外风光

"双悬日月照乾坤"真有惊人秘密吗?

"红学"广大,百余年来多少俊杰为解曹雪芹言中之意,研精覃思,广搜博览,有许多奇妙的发现,常是我们自己读书时难以知道、难以想见的,可比作"楼"外的泉石桥廊、彩花繁饰,这在世界文学史中也是少见的奇景,可见《红楼梦》的魅力与意趣。我们在进"楼"饱览瑰美仙境之前,也可以随意游览这楼外风光,先从他人的叹赏追摩,领略一二分曹雪芹的不羁之才。

《红楼梦》第四十回"金鸳鸯三宣牙牌令"的故事中,史湘云行的第一句是:"双悬日月照乾坤。"这句话,我们大多数读者是不记得的,也是不在意的。毕竟无论是骨牌图案,还是这生僻诗句,多数读者陌生得很,读来无非是表现这些闺中女儿的才学和雅趣罢了,真正有趣的只是最后刘姥姥的滑稽之语。而且,这个故事在小说情节里的重点,本来也是在于王熙凤故意拿刘姥姥耍笑,以哄贾母开怀解颐。若说故事中的暗线,就是林黛玉行了一句

"良辰美景奈何天",薛宝钗看了看她,这是后文薛宝钗劝诫林黛玉、林黛玉感佩薛宝钗的伏笔。所以,史湘云吟的这句诗轻轻读过去就是,甚至跳过不看似乎也无可无不可。可是红学家周汝昌却从这么一句诗,看到了一个隐在书外的惊天大事。他将他的观点写成论文《"双悬日月照乾坤"——纪念曹雪芹逝世二百二十周年》,1983年发表在《红楼梦学刊》,后来在他的随笔、专著中也曾复述和增修。我们来看看他在这句诗中发现了什么,又是如何发现的。

首先,这句诗出自李白《上皇西巡南京歌十首》之十:

> 剑阁重关蜀北门,上皇归马若云屯。
> 少帝长安开紫极,双悬日月照乾坤。

李白的名诗很多,《上皇西巡南京歌十首》却不在其中,放在李白的诗作中,大概连"五十强"都难进。可是,此诗吟咏李隆基在安史之乱中避难成都之事,颇有历史意味,特别是其中这第十首,记录了唐朝历史中一个特殊时期的政局,那就是李隆基出逃后,太子李亨在灵武即皇帝位,遥尊李隆基为太上皇。诗中的"双悬日月",正是大唐天下二皇、政权分疏的写照。

于是,就有了这样的疑问:身居闺阁的富家女子,戏笑之间为何偏偏吟诵出"双悬日月照乾坤"

这样的诗句呢？在"太平盛世"，有这样特殊含义的诗句似乎不合时宜，甚至近乎"大不敬"吧？

周汝昌认为，曹雪芹是故意这样写的，他就是在这里故意放这么一个有悖情理的"曲笔"，其中寄托着小说中贾家的生活原型即曹雪芹自己家亲历的一场政治的大风波。

这话得从康熙朝说起。康熙帝次子胤礽满周岁时即获册封为太子，天下皆知；大婚后，曾代皇帝行祭祀社稷之礼，又在康熙帝御驾亲征时奉旨监国，其地位确是储君之尊。可是到他35岁时，却遭废黜，虽翌年即复立，可是短短3年后，即再次废黜，而且遭拘捕审讯。此后，胤礽就成了"废太子""二阿哥"，于雍正二年（1724年）去世。可是"废太子"的故事并未就此结束，因为胤礽的次子——理郡王弘晳，素得其祖父康熙帝之钟爱，朝中、宫中也颇有人认为：虽胤礽遭废黜，可是弘晳之正统尤在。这样的议论和密谋在雍正帝胤禛驾崩、胤禛之子弘历即乾隆帝登基之后，渐渐达到高潮，到乾隆四年、五年之时，据说弘晳的支持者们已经秘密成立了内务府七司衙署等政治机构，也就是另立了朝廷，甚至趁乾隆帝出巡之际行刺。这或许便是"双悬日月照乾坤"的现实图景。

这里必须澄清的是，所谓弘晳私立内务府七司衙署、谋刺乾隆帝的事，于正史和清宫档案皆无可稽考（据史料，则乾隆帝只说过弘晳"竟敢擅自仿国制设立会计、掌仪等司",察其词义,可能他只是在自己的王府中增立了几个办理家务的机构,或者用了一些"僭越"的名称,而不是另立了一个全国性的"内务府"),只是野史笔记之谈。但是,废太子的继承人弘皙在乾隆四年(1739年)因"大逆"罪名而遭夺爵、削名、圈禁,却是真确的史实;弘皙就名位和人望而言,是乾隆帝最大的潜在皇位竞争者,也是史有明据的。

周汝昌认为,曹家和胤礽曾经亲近,他们家在雍正朝遭抄没家产,与此不无关系。乾隆帝即位后赦免曹家,赐还家产,可是乾隆五年(1740年)曹家却再次遭抄家,家道遂败落,原因也是曹家卷进了"弘皙逆案"之中。曹家获赦免的乾隆元年(1736年),曹雪芹13岁,那正是《红楼梦》中元妃省亲、贾府热闹得如"烈火烹油"之时,贾宝玉的年龄。曹家和李家(小说中史家的现实原型)都曾支持弘皙,所以史湘云才吟出"双悬日月照乾坤"的诗句。

只凭一句游戏中的引诗,就将曹雪芹家与胤礽、弘皙父子关联了起来,这是否太异想天开了?周汝昌此论点之可贵,还在于有多个佐证来支撑,比如小说中的北静王这个人物形象就颇有弘皙的影子,北静王和忠顺王之间若隐若现的矛盾也是权贵斗争的偶露峥嵘……最有趣的一个佐证,却是在《红楼夺目红》(作家出版社2003年版)中举出的林黛玉初进贾府时在荣禧堂中看到的那"乌金联牌,厢着

传情入色:《红楼梦》

錾银的字迹,道是:'座上珠玑昭日月,堂前黼黻焕云霞。'下面一行小字道是:'㐅世教弟勋袭东安郡王穆莳拜手书。'"(第三回)胤礽十多岁时,就曾因作"楼中饮兴因明月,江上诗情为晚霞"一联得到父亲康熙帝和朝臣们的夸赞,此事记录于王士禛的《居易录》中;之后胤礽随父南巡时,又手书此联赐给内阁学士徐嘉炎,为朝野士人共知。这联诗堪称胤礽的代表作。而将这联诗和荣禧堂的联语比读,其表意、字词、意象、语感都是相似的,尤其微妙的是小说中的这句联语也出现了"日月"字样,与胤礽诗句中的"明月"和李白诗句中的"日月"隐隐互映。此联有脂砚斋批语,在甲戌本中是"实贴",在戚本中则是"实衬",周汝昌解释这批语的含义为:书中的这副对联是实有之联,或者它是某副对联的一个衬联,即影子联,也就是说曹雪芹将现实中的某副对联"影写"在这里了。荣禧堂的联语是不是胤礽名句的影写?小字落款中也透露端倪:"同乡"可理解为胤礽与曹家皆来自辽东,世代亲谊;"东安郡王",暗言"东宫平安无事时"的"东宫之王"即皇太子;"穆莳"这个名字中,"穆"字隐帝王世序"昭穆","莳"为种了花木又复移植,喻胤礽的曲折履历。另外,手书字迹嵌银,正是太子的规格。

看到这里,你是不是也觉得,说曹家的兴衰系于胤礽、弘晳的政治生涯,《红楼梦》中有记载清宫政治斗争史的暗笔,都有些道理了?

可是在红学史中,更有奇论,说得也似有理有据。比如蔡元培的《石头记索隐》说贾府人物们的历史原型多是清初的朝臣,男子多是满臣,女子多是汉臣,比如林黛玉是朱彝尊,史湘云是陈维崧,薛宝琴是冒辟疆;贾宝玉就是胤礽,"宝玉"即传国玉玺,巧姐的遭遇或许也有胤礽的影子,甄宝玉则是南明弘光皇帝;贾政影射清廷吏部,贾琏影射清廷户部,李纨影射清廷礼部……以"贾"刺清朝为"伪朝",以"红"影朱字,喻明朝,《红楼梦》乃是反清的政治小说。此论真是匪夷所思,胡适的《红楼梦考证》即说以《石头记索隐》为代表的"索隐派"都是"笨伯""猜笨谜"。可是细读书中的论证,真的是既将《红楼梦》读得细致入微,又谙熟清初史事掌故,可谓信手拈来、触处皆通、旁征博引、丝丝入扣,绝非信口开河,至少是……有些道理。

可是这两个"道理"可能互容吗?《红楼梦》是暗写宫廷的斗争牵连了贾府的兴衰,还是以贾府影射宫廷?贾宝玉如果是暗写胤礽,那他和暗写弘晳的北静王之间的关系又怎么理解?何况若依前说,则贾宝玉就是曹雪芹自己在书中的化身,他怎么又将自己写成胤礽了?

"这且按下不表。"

传情入色:《红楼梦》

若隐若现长白山

《红楼梦》正文的故事情节发端于大荒山无稽崖青埂峰，这是读者都知道的。这个地名，脂砚斋有批解："大荒山"者，"荒唐也"，"无稽崖"者，"无稽也"，连起来就是荒唐无稽之意；"青埂峰"则是"自谓落堕情根，故无补天之用"的意思（皆据甲戌本）。这既然是脂砚斋说的，又如此顺理成章，所以就成了公认的常识。陈景河在1990年发表的《〈红楼梦〉与长白山——大荒山小考》一文（载1990年8月9日《吉林日报》）却有新说，认为这全书的第一个地名就有着浓厚的长白山文化底蕴。当时的观点和论述，此后他本人和一些学界同人都做了讨论增修，现在的成果可以概述为：《山海经》的"大荒北经"中记载"大荒之中有山，名曰不咸，有肃慎氏之国"，这个大荒之中的不咸山，正是长白山，"肃慎"则是汇聚形成满族的东北诸多古老部落中至为显赫的一支。"无稽"也可看作长白山地区古政权名的音译，通常写作"勿吉"，也作"乌吉"，《魏书》列传第八十八中有传，言其为"旧肃慎国也"。而"崖"字旧读"yai"，与"哀"字音近，"无材不堪入选"之石寓意的或许正是当时"边缘旗人"们的哀感。"青埂"固然与"情根"音近，却也可说与"清根"音近，长白山地区正是"大清之根",而"峰"又与"封"谐音,正合于清廷的"封长白山"之政。

在青埂峰大石的故事之后,小说又从茫茫大士口中讲了一个神瑛侍者与绛珠仙子的浪漫神话,作为一部大书的第二则因由。神瑛侍者居赤瑕宫(据"脂评本"),"瑛"字和"瑕"字都有表示玉的"王字旁",那么"神瑛"自然隐"宝玉"之名了;可"绛"色灵红,"黛"色偏青,这"绛珠草"和"绛珠仙子"又取何意呢?邓加荣的《全新破译〈红楼梦〉》(文汇出版社2012年版)认为,绛珠仙草就是长白山的奇珍——人参。草本植物能称"仙"者有数,而其中结晶莹如珠的红果者只有人参;那么,"神瑛"也双关"神鹰"。神鹰或即长白山的珍禽,满族人民心目中的神鸟——海东青(此论近年多见,唯难考何人率先言之),满族民俗文物中亦常见玉雕海东青。如此说来,神瑛侍者和绛珠仙子的神话,也可以看作海东青与人参的长白山神话了。

曹家在明末是东北地区"大金—大清"政权治下的人,因从军征战有功而显荣于清初,《红楼梦》若有长白山文化的因素,确是渊源清楚的。关于"大荒山无稽崖青埂峰""神瑛侍者""绛珠草"的这些新解当然大可再商榷,然而《红楼梦》中有东北地区的生活习俗、语言习惯等,则是毋庸置疑的。今天很多东北人、满族人初读《红楼梦》时看到"才刚""乡屯里的人"等词,读到"大妞妞"这样的称呼，也会有意外的惊喜感、熟悉感和亲近感。

然而若就此说长白山文化或关外满族文化就是《红楼梦》的"魂"，进而说《红楼梦》写的就是满族兴衰史，或《红楼梦》就是曹雪芹的"寻根"之书，却是不恰当的。谁读《红楼梦》都能感知到温柔蕴藉、繁华绮丽的江南文化；《红楼梦》中的北京方言、北京饮食也很多，贾府外的生活场景也多采自当时的北京，这些地方几乎可与现代文学大家老舍的作品作一气读。硬将这些文化的其中之一称作魂、根或主干之类，既乏依据，也无甚意义。

甚至还有"新索隐派"根据这些研究成果，称大量满族文化符号岂非正是《红楼梦》影射清宫秘辛的暗示，所以，"海东青"贾宝玉就是胤礽……这种逻辑就尤其怪异和武断了。

那么，曹雪芹长期生活于其中的北京文化、曹家最盛时浸润其中的江南文化，再添以长白山文化，就是《红楼梦》的文化构成了吗？周汝昌晚年在《红楼新境》（中国大百科全书出版社2012年版）中，又以很大篇幅尝试开拓《红楼梦》与"赵文化"的关系这一研究领域，可惜读起来感觉有些仓促简疏，很多观点都近乎构想与灵感，缺乏实据与论证；然而也实在有许多启人视界的灼见，不愧一生赤诚皆献于曹雪芹之老人的致思新境。《红楼梦》的文化结构是多元的，南北文化在其中，满汉文化在其中，儒释道墨法文化在其中，萌芽期的近代文化也在其中。《红楼梦》与长白山文化关系的研究可谓别开生面,却不可谓之观止,《红楼梦》与赵文化关系的研究大有可为,《红楼梦》与江南文化、北京文化的研究也依旧可期,《红楼梦》与晋文化、徽文化、沪文化、粤文化……皆是可探索的课题。

运用之妙,存乎一心

现在,再说说好像谈红学时怎么也绕不开的胤礽父子吧。"索隐派"坚称《红楼梦》写的就是宫廷之事,贾宝玉就是胤礽;"自传说"则坚称《红楼梦》写的就是曹家真事,其中的一支坚称曹家是胤礽父子政治风波的参与者、牵连者。

我们以读者的立场来看,只觉得他们说的都有意思,也不乏才华横溢自圆其说之谈,可是,和我们读《红楼梦》的实感都难弥合。或者说,《红楼梦》里有些很美、很精彩、很伟大的东西,在他们的"理论体系"里难立足;又有些于书外求之太深的东西,在引导我们远离《红楼梦》。"满族兴衰说"等新说的情形也是这样。从他们的引文与拆合中感受到《红楼梦》的魅力,成为《红楼梦》的读者,当然是好事;在读《红楼梦》之余读一点这些理论,或也兴味盎然;可是若笼在或沉迷在这些宏论之中,那还是拿这光阴多读几回《红楼梦》为好。

全于《红楼梦》究竟是宫廷秘辛,是自传、家传，是满族兴衰史，还是什么？或许都不是吧。说到底，亲历的历史事件、自己的生活经历、多元的文化传统，都是作家创作时的"资源"，真才子自然信手拈来、涉笔成趣、浑然一体。曹雪芹因为家庭和交游，知道一些真真假假的宫廷掌故，小说里恰合用时就用了；他博览群书、广学杂识，这些学问，小说里恰合用时就用了；他熟悉江南、北京，熟悉满汉风俗，家中和朋辈们也颇存一些关外的遗风与感慨，小说里恰合用时就用了。所以，"索隐"也有道理可讲，"谈禅论道"也有道理可讲，"满族兴衰"也有道理可讲，"江南诗情"与"北京风物"也都有道理可讲。当然，他大起大落的人生遭际，他"半世亲睹亲闻的这几个女子"（第一回），是小说的大框架，也是小说最丰沛的素材，就此而言，"自传说"是尤为妥当的，然而不必拘于"自传""家传"，否则贾雨村坐衙的情景、刘姥姥家中的情景、柳五儿家中的情景之类怎么羼入了"自传""家传"之中？再则也不可因为"自传说"而尽力夸张曹雪芹的家世生平，生生将他家的人都变成参与"争夺铁王座"的高深莫测的权谋家。

俄裔美国作家纳博科夫（Vladimir Nabokov，1899—1977）曾说："作家对这摊杂乱无章的东西大喝一声：'开始！'霎时只见整个世界开始发光、熔化，又重新组合，不仅仅是外表，就连每一粒原子都经过了重新组合。作家是第一个为这个奇妙的天地绘制地图的人，其间的一草一木都得由他定名。"①《红楼梦》就是这样的。无论是宫廷逸闻，还是亲身经历，乃至风俗景物、古今典故、小说戏曲，到了《红楼梦》中"就连每一粒原子都经过了重新组合"，成为这个新的艺术世界中的"一草一木"。史湘云就是史湘云，只存在于小说之中，永远不可能是现实中的李家表妹或任何人，可是史湘云却比现实中的李家表妹或任何人都真实和永恒，小说存世，她就在一代代读者心中语笑嫣然，情思娇健，生气勃勃。贾宝玉、林黛玉、薛宝钗、贾母、凤姐、袭人、香菱、晴雯、鸳鸯、小红、贾芸、柳五儿、芳官……乃至贾政、贾琏、薛蟠、龄官、贾蔷、柳湘莲……都是这样的道理。

情　榜

"情情"与"情不情"

《红楼梦》一书，"大旨谈情"（第一回），书中从石头上抄录贾府兴衰、贾宝玉悲欢的"空空道

---

① 弗拉基米尔·纳博科夫：《文学讲稿》，申慧辉等译，上海三联书店2005年版，第2页。

传情入色:《红楼梦》

人",也自称"情僧",题其书为《情僧录》。

据脂砚斋多处批语,曹雪芹原稿结尾有"情榜"。明清长篇小说常有此事,《水浒传》有天罡地煞榜,《西游记》有佛菩萨榜,《封神演义》有封神榜,《儒林外史》有幽榜,《镜花缘》有女科金榜(这个文学史大视野的梳理见于周汝昌《红楼夺目红》,作家出版社2003年版)……但曹雪芹的"情榜"依然独具一格,将书中人物皆以"情"字评定。现在所知,林黛玉在榜中是"情情",金钏是"情烈",晴雯是"情屈",贾宝玉是"情不情"……或许在这些词中,词首的"情"字都是主语,其后的字,是描述这个人物的"情"是怎样的"情"。

林黛玉之谓"情情",当是说她心中、眼中只有一贾宝玉,无限才华、无限聪明,为情所持,因情而可爱,因情而可叹。

贾宝玉之谓"情不情",却有些难解。脂砚斋将"不情"解作"无情物",自当有据;然而我以自己读《红楼梦》之感,玩"情不情"之词气,却觉得"不情"当解作"不近人情""不可理喻",近似我们说的"我有个不情之请"中"不情"的意思。贾宝玉"多情"处不近情理,"钟情"处亦不近情理,是为"情不情"。他之多情,爱吃女孩子口上胭脂(第二十四回),偶见农家女孩也恋恋不舍(第十五回),连缥缈虚幻的画中或话中女孩也心心念念(第十九回,第三十九回)。他之钟情于林黛玉,却常常成了发狠赌咒,或说话囫囵难解(第三十二回),当紫鹃诳他说林黛玉即将离去时,他竟痴癫成疾(第五十七回)。这"不情",正是贾宝玉这个人物最大的特点,解得"不情",方能解得贾宝玉。

难逃的红尘

大荒山无稽崖青埂峰的石头向往世间荣华,苦求二仙师携其"得入红尘",神瑛侍者也是"凡心偶炽"(第一回);然而《红楼梦》中还另有个向往存在,那就是"出红尘"。就连贾宝玉也曾在林黛玉、史湘云都和他闹脾气的时候有"从前碌碌却何因,到如今,回头试想真无趣"(第二十二回)的出红尘之念,虽然次日就抛诸脑后了,可是据脂评说,他后来真有"悬崖撒手",弃妻妾"而为僧"(见蒙古王府本第二十一回)之事。就小说正文来看,宁国府贾敬是向往出红尘的,连自己生日都落落寡欢,与荣国府史太君的动辄"高兴"(意为"兴致高")相映成趣;他的女儿惜春也是从小向往出红尘的。他们的向往都诉诸宗教,就像石头苦求入红尘一样苦求出红尘。这里则想说另一个人物,她似乎未想出家之类的事,只是一个居住在大观园中的闺中少女,可是她的生活方式是躲离式的,著书人称她为"懦小姐"。她就是迎春。

迎春是个"无事人",事到她头上,她也以"无事"处之。她的乳母因在园中聚赌之事获罪于贾母,她乳母的儿媳竟寻她去讨情,她的丫头正说出她乳母家偷她首饰去典当之事,乳母的女儿恼羞成怒,缀锦楼中乱成一团,恼了探春,惊动了代表凤姐问事的平儿,可是她作为当事人,此时却自己倚床读《太上感应篇》的故事去了。(第七十三回)

她在姐妹们之中才华浅淡,作诗罕有妙笔,她也不以为意,只天天与大家熙熙和和地相处,真可说是"大隐隐于大观园"了。她读《太上感应篇》故事,或许是信祸福无门、唯人自召的,但最后她嫁给"中山狼"孙绍祖,又逢贾家败落,欲"无事"而不得,娴静大方的豪门千金,从"薄命司"中的判词看去,竟活活遭蹂躏残虐而死。在《红楼梦》中,女儿们难逃红尘,迎春的遭际是残酷的写照。她的情怀,就是无情、远情,恬淡自守,与世无争,平常度日,可就连这样的理想,竟也成了虚话。

淤泥红莲尤三姐

在红楼女儿中,尤三姐的性格、言谈都是独树一帜的,她的故事也自成一体。她美貌痴情近乎林黛玉,生俏豪放近乎史湘云,而言行浪荡处又有似多姑娘,其凛然不可辱、坚贞决绝却又可与鸳鸯比俦。

她和尤二姐是贾珍的妻妹,却生长破落之家,往年每常与贾珍、贾蓉暧昧胡混。贾敬丧礼时,贾琏瞒着家里偷娶了尤二姐为妾之后,和贾珍将尤三姐当成伴酒调笑的玩物,她却"站在炕上"痛斥二人,"弟兄两个本是风月场中耍惯的,不想今日反被这闺女一夕话说住"。于是她"自己高谈阔论,任意挥霍洒落一阵,拿他弟兄二人嘲笑取乐,竟真是他嫖了男人,并非男人淫了他。一时他的酒足兴尽,也不容他弟兄多坐,撵了出去,自己关门睡去了"。(第六十五回)

她以这样无奈的方式,迫得贾琏主动为她议亲事,她于是滴泪说了心中正论:"终身大事,一生至死,非同儿戏,我如今改过守分,只要我拣一个素日可心如意的人,方跟他去,若凭你们拣择,虽是富比石崇、才过子建、貌比潘安的,我心里也进不去,也白过了一世。"(第六十五回)她多年心仪柳湘莲,恰恰不久贾琏遇见柳湘莲,说此亲事,柳湘莲也以随身的鸳鸯剑为定礼许诺不久成亲。好事将谐,柳湘莲却糊涂误以为她是淫贱下流之人,竟欲索还定礼,她知道,自己当年丑事原委、如今赤诚心思皆说亦说不清,即携柳湘莲的定礼从绣房走出,以多日来时时在绣房中欣喜望着的宝剑,"右手回肘只往项上一横"(第六十六回),自刎于心上人的眼前。柳湘莲既悔又愧,扶尸大哭后,随疯道士飘然出家。

尤三姐从小染于污浊之境,却能醒悟自立,追求幸福干净的人生；可叹"中道崩殂"（诸葛亮《出师表》语），亦诚所谓"出师未捷身先死，长使英雄泪满襟"（杜甫《蜀相》句）！

曹雪芹心中竟有众生之情

曹雪芹能写出贾宝玉的"情不情"，能写出林黛玉的"情情"，这还可以说是因他自己就是如此深情人，文虽"奇"事亦"不奇"。可是他能写出迎春的"无情"之情，这就有些奇了，但也还可以说是因他熟悉这样的人，因观察交往而有体会和理解。那尤三姐呢？她吓煞贾珍、贾琏的风度、语言，曹雪芹如何竟能写得那么出神入化？

尤三姐也还是贾家亲眷，小说中说贾宝玉在贾敬丧礼时曾和尤家姐妹相处一个月，多多少少和大观园女儿们是一个世界的人；真正奇之又奇的，是曹雪芹写金寡妇的糊涂贪小与颟顸自大（第十回），写邢夫人的偏狭、愚顺之类，竟也都能一丝不乱，一言一行，乃至"言"的一字一音，"行"的一瞥一坐，读起来新异出奇，思之又恰是其人。鲁迅论之曰："盖叙述皆存本真，闻见悉所亲历，正因写实，转成新鲜。"[①] 人们常将这里的"写实"看成生活实

---

① 鲁迅：《中国小说史略》，《鲁迅全集》第9卷，人民文学出版社2005年版，第242页。

录,似非鲁迅本意,鲁迅这话,一是为了对峙那些奇特的"索隐"说的,二是就此书叙事写人"敢于如实描写,并无讳饰……所以其中所叙的人物,都是真的人物"①说的,可见这"实"是"平实""真实",不是"实录",不然,金寡妇和金荣说的话,邢夫人和迎春说的话,司棋和柳家吵闹说的话,又是怎样"实录"的呢?就连林黛玉、薛宝钗、史湘云、袭人、晴雯这些人的话,说到底,也都是曹雪芹顺着情节,体会其人其时的心思,"杜撰"的。"话"是如此,举动神情也是如此。

  伟大作家的真本领,是能进入种种人的心灵、理解种种人的情感、同情种种人的不幸与无奈。"情榜"是以曹雪芹之情写就的,曹雪芹心中竟有众生之情。

  英国诗人、批评家柯勒律治(Samuel Taylor Coleridge,1772—1834)曾在他的《文学生涯》中这样评价莎士比亚的戏剧:"从头到尾仿佛有一个高超的神灵把一切展示在我们面前,它甚至比诗中人物本身更能直觉地、亲切地意识到,不仅是每个外部表情和动作,而且是心灵在所有最微妙的思想与情感中的波动起伏;而与此同时诗人本身却与这些激情无关,他只是被快乐的兴奋推动着……"又说,莎

---

① 鲁迅:《中国小说的历史的变迁》,《鲁迅全集》第9卷,人民文学出版社2005年版,第348页。

士比亚"成为万事万物,但却永远还是他自己"①。当时欧洲人延续古典传统,将文学创作都称为"诗",将创作文学者都称为"诗人",莎士比亚的戏剧是"无韵诗",那么曹雪芹的小说也是"无韵诗",柯勒律治这些话施诸曹雪芹和他的小说,也是恰当的。

"好"与"了"

真富贵在灯火阑珊处

贾府是"富贵繁华"之地,尽人皆知;曹雪芹如何写就这"富贵繁华"的生活,却是很有意思的事。书中固然有可卿殡仪、元春省亲、清虚观拈香这些奢靡气派场面,可是如果尽是这些,那这书也就兴味索然了。曹雪芹书中的富贵繁华多是于不经意中流露在贾宝玉日常生活的细节之中的,贾宝玉当时以为平常,曹雪芹也只作平常写,笔底却是深深的沧桑沉痛。所谓"羚羊挂角,无迹可求"(语出严羽《沧浪诗话》),越是读者难以觉察富贵繁华笔墨的"琐碎细腻"(第一回)之处,越是氤氲着富贵

---

① 转引自杨冬《文学理论》,北京大学出版社2012年版,第137页。

繁华景象。

我们看第五十三回末尾，正写着元宵花厅夜宴，灯火辉煌，酒肴盈席，歌舞欢腾，满纸金碧锦绣之气，可是第五十四回起始不久，贾珍、贾琏率子弟们敬酒毕，戏台献艺呈祥，"正在闹热之际"，贾宝玉就忽然"下席来往外走"，贾母问他，他说"不往远去，只出去就来"。这引得贾母发现袭人不在场，于是贾母和凤姐聊了几句袭人正在"热孝"之中这类的家常闲话。之后，小说随着贾宝玉的脚步、眼光，记录了这月圆灯明之夜清冷、忙碌的大观园。贾宝玉返回了花团锦簇的宴席，小说又写了贾母与大家论书文、赏曲、击鼓传花、讲笑话等情节。综观这写贾府元宵节盛况的一回多书，情节是丰富多彩的，其中写名门大族的礼仪规矩、精致豪奢、艺术修养，都刻镂入微，初读之时，或许这些印象极深，可是反复吟味，却越来越觉得贾宝玉夜行大观园的段落最是字字珠玑、沁人心脾。我们看其末一节：

> 来至花亭后廊上，只见两个小丫头，一个捧着小沐盆，一个搭着手巾，又拿着沤子小壶，在那里久等。秋纹先忙伸手向盆内试了一试，说道："你越大越粗心了，那里弄的这冰水？"小丫头笑道："姑娘瞧瞧这个天啊，我怕水冷，巴巴的倒的是滚水，这还冷了呢！"正说着，可

巧见一个老婆子提着一壶滚水走来,小丫头便说道:"好奶奶,过来给我倒上些。"那婆子道:"哥哥儿,这是老太太泡茶的!劝你走了取去罢,那里就走大了脚!"秋纹道:"凭你是谁的,你不给,我管把老太太的茶吊子倒了洗手!"那婆子回头见是秋纹,忙提起壶来就倒,秋纹道:"罢了。你这么大年纪,也没个见识,谁不知是老太太的水?要不着的人就敢要了?"婆子笑道:"我眼花了,没认出是姑娘来。"宝玉洗了手,那小丫头子拿小壶倒了些沤子在他手内,宝玉沤了,秋纹、麝月也趁热水洗了一洗,也沤了,跟进宝玉来。

盆中滚水骤冷;行路匆匆;交臂间看人不真,一"回头"立刻认出——这都是元宵夜园中之景,词、句间无一"月"字,无一"灯"字,更无"清辉"之类字样,只是平平常常叙事,却写得如画,读之如身在其境,真是"不着一字,尽得风流"(语出司空图《诗品》之"含蓄")。尤其妙的是,句句皆家常事、家常话,却自然富贵繁华,盖此情此景必是在此时此处,若是在花厅之中,老婆子怎么能不识秋纹?那便无此妙文了。然而此情此景又非刻意凑泊,只是富贵公子无意间遇之,遂成千载会心的情景。

宋代文学家欧阳修在《归田录》中记载:

> 晏元献公喜评诗,尝曰:"'老觉腰金重,慵便枕玉凉'未是富贵语,不如'笙歌归院落,灯火下楼台',此善言富贵者也。"人皆以为知言。

有人为了表现自己富贵,就写诗说:年纪大了,觉得系腰的金带太沉,疲惫了就枕着凉凉的玉枕。又是金、又是玉,可是读来只觉得"烦尔晒",就像《夏洛特烦恼》中那个参加婚礼时系了名牌腰带生怕人看不见的张扬。晏殊觉得,"善言富贵者",写的是"笙歌归院落,灯花下楼台"。若他读到数百年后的《红楼梦》,或许会欣然、慨然、浩然叹曰:此真善言富贵者也!真富贵岂在腰金枕玉,也岂在笙歌院落、灯火楼台,却在日用寻常、灯火阑珊处。

"兰桂齐芳"与"白茫茫大地"

> 雨村听到这里,不觉拈须长叹,因又问道:"请教老仙翁,那荣宁两府,尚可如前否?"士隐道:"福善祸淫,古今定理。现今荣宁两府,善者修缘,恶者悔祸,将来兰桂齐芳,家道复初,也是自然的道理。"雨村低了半日头,忽然笑道:"是了,是了。现在他府中有一个名兰的已中乡榜,恰好应着'兰'字。适间老仙翁说'兰桂齐芳',又道宝玉'高魁子贵',莫非他有

遗腹之子,可以飞黄腾达的么?"士隐微微笑道:"此系后事,未便预说。"

——第一百二十回

贾府的结局,是关于"后四十回"的诸多问题中最引人注目的一个。许多人批判"兰桂齐芳"的结局彻底歪曲了曹雪芹的原意,将悲剧改为大团圆,毁坏了原书的结构,是庸俗的、低劣的……

"批兰派"(高鹗号兰墅)几乎都坚信:曹雪芹原书的结局是贾府彻底败落,"好一似食尽鸟投林,落了片白茫茫大地真干净"。

第一百二十回中这"兰桂齐芳"的"预言"情节的确写得难看(总的来说,后四十回写得都难看)。可是我现在想讨论的是:如果贾府真的"兰桂齐芳",这书就是"喜剧"了吗?或者说,"兰桂齐芳"定然和"落了片白茫茫大地真干净"矛盾吗?

缘起这个奇特疑问的,大概是我少年时曾见一本《红楼梦》连环画,何人编绘、何处出版都不记得了,只记得最后一页画,正是"兰桂齐芳"、贾府重现富贵繁华,画中长幼锦衣围坐,媳妇、丫头环绕,一派和睦安乐景象。我当时看到这页,心中悲伤,胜于看到电视剧中贾宝玉在雪地中渐行渐远。当时有些不明所以,只觉得这热闹景象是如此寂寞冷清。后来读了鲁迅的小说《兔和猫》,觉得或许和那时的感慨有些像。小说写三太太在院子里养的白兔生了两个小兔，院子里的孩子们都很欢喜，后来小兔却不见了，大概是遭大黑猫吃了；再后来，人们又看到白兔在另一个洞生了七个小兔——

> 白兔的家族更繁荣；大家也又都高兴了。
> 但自此之后，我总觉得凄凉。①

是啊，事似乎还是当年之事，物似乎还是当年之物，人却怎能还是当年之人？晴雯逝去，贾母逝去，元春逝去，凤姐逝去，迎春逝去，林黛玉逝去，探春远嫁，史湘云也出嫁了……当年的吟诗唱和、嬉笑欢闹、语声倩影，都成陈迹，随着时光远去了，甚至仿若从未曾真的存在。

然而，转念再想，既然万古以来就是如此，有贾宝玉之前是如此，世无贾宝玉之后也是如此；进言之，今日时，昨日既已远去，明日时，今日也就远去了，海棠诗会之后，海棠诗会就只是记忆，怡红夜宴之后，怡红夜宴就只是记忆，乃至鬟儿一句娇俏谑语说罢，这句话就只是记忆。正像王羲之说的"俯仰之间，已成陈迹"（《兰亭集序》）。

那么，这句娇俏谑语，这怡红夜宴，这海棠诗会，这吟诗唱和、嬉笑欢闹、语声倩影，曾经歌哭

---

① 鲁迅：《兔与猫》，《鲁迅全集》第1卷，人民文学出版社2005年版，第580页。

于斯、颠沛于斯、携手于斯、会心于斯的人,也就都在那远去之地,成为永恒了。因为曾存在着,因为曾爱着,因为曾思念着,就在这如水人间永世长存;那就再继续存在,再继续爱,再继续思念,到天荒地老,海枯石烂。

贾宝玉在雪地中渐行渐远的时候,是这么想的吧。

最严肃的"悲剧"无关乎"兰桂齐芳"还是"彻底破败",而是世界"白茫茫大地真干净"的本相。贾宝玉的痛苦与释然,都和贾府的或荣或衰无关。他为美与爱的逝去而痛苦,为寻到了美与爱的归处而释然。中国"悲剧"美学超越古希腊"悲剧"美学之处,正在于此。

问世间、情为何物,一任俺、芒鞋破钵

《红楼梦》写的是情,是真情;可是,书中又处处称情为"幻情",主情的仙姑,也以"警幻"(警醒幻情)为名。到底是真是幻?

情是人与人之间的关系,人与人交往、共处才有情,爱"情"即是爱人世间;可多情痴情之人又每与世间相违,以至于世人目之为愚顽乖张、潦倒不肖,故贾宝玉平生不喜世务。然而若无世务,何来世间；若无世间，怎有"情"之一字？到底是爱世间还是出世间？

《红楼梦》写富贵繁华，温柔旖旎，写得细致入微、传神入画；可是，书从卷首即说富贵繁华如空花水月，叙事之中，也随处指点，常于热闹缠绵处忽作冷笔，直言纷纷万有终归一空，"红楼"只是一"梦"。到底是有是空？

这些矛盾，归根结底都是"好"和"了"的矛盾。有人说《红楼梦》有毒，是因为觉得书中写情、写风花雪月、写金玉满堂，会教青少年沉迷恋爱和"物质"；另有人说《红楼梦》有毒，却是因为觉得书中讲空、讲如梦似幻、讲看透，会教青少年变得"消极"。且不说当今青少年是否看了本小说就随之左右吧，这前一种人是只看到了"好"，未看到"了"，将《红楼梦》作"偶像剧"看了；而后一种人是只看到了"了"，未看到"好"，将《红楼梦》看作了厌世文学。

书中说得很清楚："了便是好，好便是了。"（第一回）人当然有情、有欲望，人世繁华本就是人类智慧力量创造的财富，追求幸福生活是人的本能和权利；万物有生即有灭，人有生即有死，有相遇相伴就有离别，这是客观规律，却不是"消极"的理由，知道了这客观规律，也不是"消极"的原因。正因为独来独去、终将别离，才尤须在有缘相聚时彼此相爱相敬；正因为万物无常、新陈代谢，才尤须时时尽情生活、努力奋斗。

知道"了",珍惜"好",创造"好"。

既然"了"是必然,那么"好"就是惊喜,是恩典、是慈悲、是光与馨香。

造化会元：《西游记》

童心大道

多年前,我有一次在本地的一个读书会说,下个月咱们可以讲一讲《西游记》,在座的一位先生惊讶地说:"《西游记》?那不是小孩看的书吗?"

我在此回忆起这件事,不是评论这位先生说的话本身,而是感慨读者"《西游记》观"的沧海桑田。二百多年前,说到《西游记》这本书时,人们先想到的大抵不是小孩,而是"大道"。

这里就必须谈谈关于《西游记》究竟是谁写的这个话题。作为今天任何文学常识类考试的唯一标准答案,《西游记》的作者当然是吴承恩。但在这部书问世至今的大部分岁月里,绝大多数的读者都认为写这部书的人是"长春真人"丘处机。金庸的《射雕英雄传》和《神雕侠侣》里有这个人物出场,在那两部小说中,他是个江湖地位不低而武功却不高的侠客,颇为豪朗,却也有些迂腐;可是在真实历史中,他却是一个立德、立功、立言的大英雄,甚至可以说金庸笔下郭靖这个人物的真正原型,其实就是丘处机。道教里尊他为神仙,称为"丘祖",我们在很多关于《西游记》的古代评论中也能看到这个称呼,只是在古书中都写作"邱祖",那是为了避"至圣先师"孔子的名讳。《射雕英雄传》里也写到,丘处机远涉大漠,晋见成吉思汗,为这位未来帝国的创始者讲养性长生之道。这个情节的确来自真实历史。此行追随在丘处机身边的弟子李志常将这番经历写成了《长春真人西游记》一书。后来关于《西游记》与丘处机之间关系的争论,可以说都和李志常的这部书有关。

争论的一方认为,说丘处机写了《西游记》的人是将两部书弄混了,或者说,是因为一知半解地听说有一部《长春真人西游记》,而误以为《西游记》就是丘处机写的。争论的另一方却认为,也许恰恰相反,是因为另有这一部李志常作的《长春真人西游记》,所以才有人据此将"丘处机作《西游记》"的多个文献记载一笔抹杀,误以为小说《西游记》和丘处机无关。

当然,今天的共识是,至少我们看到的这个《西游记》文本不可能是丘处机写的,原因很简单:小说中有许多官制,如"锦衣卫""兵马司""司礼监"等,都是明代的,宋元之际的人写的书,怎么会用明代官制呢?

可是,仍然有学者主张,丘处机或者丘处机的传人很可能真的写过以唐僧西天取经为题材的《西游记》,我们今天读到的《西游记》中有大量那个《西游记》的痕迹;或者这部明代的《西游记》就是

造化会元：《西游记》

丘处机一脉传人的作品。有这样观点的原因也很简单，就是小说《西游记》中运用"丹道"的观念和词汇实在是太多了。

所谓丹道，是道教思想家们以老庄著作为根据，融合儒家的伦理学和佛教的哲学，将原来流行的炼丹服食方术，重新阐释为精神修炼的比喻，而形成的一门学问，这门学问致力于实现人趋近完美的身心成长。炼丹服食在丹道中称为"外丹"，研究的是如何以草药之类将铅和汞在炉鼎中炼制成"金丹"（火药和豆腐的制造工艺，很可能都是在这个研究中意外发现的）；而"内丹"则是将铅、汞、水、火、炉鼎等都看作比喻，研究的是如何达到身心的至善，认为这个至善才是真正的"金丹"。"内丹"的学说和实践是丹道的主流，"外丹"则只是"旁门左道"。内丹学滥觞于东汉的魏伯阳，发凡于宋代的张紫阳，至丘处机的师父重阳子王喆而大成，而将内丹学发扬光大的人，正是丘处机。

《西游记》的回目和诗词中，总是有"心猿""意马""真性""元神""婴儿""姹女""金公""木母""主人公""不坏身"等等丹道文献中常见的名词，当然这些词并不都是丹道特有的，比如"主人公"就来自汉传佛教的禅宗，可是将这些融于丹道中，正是内丹学的特征；"须菩提祖师"这样的起名方式也大有重阳一系宗教的色彩，而第二回中菩提祖师传给孙悟空的口诀，正是王喆、丘处机的教义。这就难怪总有人觉得现在就断然割舍《西游记》与丘处机之间的任何关联线索，有些太急促了。

顺便说一句，认为小说《西游记》是吴承恩写的，这也只是一个来自清代三两部笔记的传闻，尚无坚实的依据，《西游记》的作者究竟是谁，我们其实还不知道。

言归正传，"丘处机作《西游记》"之说和"《西游记》寓仙佛大道"之说，在历史中是一体的：如果《西游记》真是讲"仙佛大道"，那想来就必是丘处机这样的"宗教家"的手笔；如果《西游记》真是丘处机写的，那想必就难免字里行间都蕴含着"深邃奥秘"……于是，解读者们的猜谜大赛就正式展开了。古人流传至今的猜谜，毕竟还是有分寸的，现在有些人的猜谜，就"离嗮大谱"了。我读到过一名学者的著作，其中坚称美猴王在离了花果山之后、见到菩提祖师之前，必定结了一次婚，只是现在的《西游记》里删去了；而他这么论断的理由只是——添了这个情节，这一回书才全合于天干地支的"算术"。这已经不是解读《西游记》，而变成否定《西游记》。当然，我们从文献中的一些零散记载也看得到，古人的猜谜也有荒谬不堪得更甚的，比如曾有人津津自得地将一部《西游记》全解释成了下流骗子害人害己的邪术。好在这一类的书早就埋葬在垃圾堆中了，也算是《西游记》的大幸。只要读过丘处机的著作，真懂点中国文化，就能知道无论作《西游记》的人是谁,作为"大道"之"谜底"的,也绝不会是那些东西。

所谓"大道",其实在古人流传至今的大多数诠释中,以我们今天的眼光来看就是人生哲学。我们不必像胡适一样将其一笔抹杀,说"《西游记》被这三四百年来的道士和尚秀才弄坏了……这些解说都是《西游记》的大仇敌",将《西游记》说成"至多不过是一部很有趣的滑稽小说、神话小说,他并没有什么微妙的意思,他至多不过有一点爱骂人的玩世主义"[①];我们自然也不必以为只有这样理解《西游记》才是"读懂"了。我们还是得回归《西游记》这部小说的原文,自己来看个究竟。为此,我们首先必须了解,《西游记》中那些"金公""木母"之类的怪词是什么意思,因为这些词非任何后人(无论胡适所谓"道士和尚秀才",还是今日的"高人"们)猜谜猜出来的,而是清清楚楚写在原书里的,或者说是"谜面"本身。

这些词看似繁杂,说白了都是古时为了"秘传"而采取的"密码",其最早的来源,可以追溯到"铅"和"汞"。姹女、木母,都是"汞";婴儿、金公,都是"铅"。可是,这"铅"和"汞"又说的是什么呢?这讲起来就真的复杂了,简单粗略地

---

① 胡适:《〈西游记〉考证》,《胡适学术文集》,中华书局1998年版,第991页。

说，"汞"近乎本书第一章结尾处讲的"妙赏"，而"铅"则近乎"情怀"。也可以这样理解："铅"是动、是奋进，而"汞"是静、是逸乐，形容的是人的两个生命状态。

现在我们再来看看这些词在《西游记》中的运用方式。最常见的，就是将孙悟空称"金公"，将猪八戒称"木母"，比如第八十六回的回题"木母助威征怪物，金公施法灭妖邪"。这至少是合于这两个人物性格的：孙悟空活泼奋进，猪八戒耽于逸乐。又曾将孙悟空比作"性"，将猪八戒比作"情"，有时也称唐僧是"性"或"真性"，都颇恰当，这里的"性"是心性，"情"则是物欲。当然，回题里说到孙悟空时，称"心猿"比称"金公"多，而白龙马则称"意马"，这个"心猿意马"，我们今天也常说，意思与那时也无大变化，这正是一个来自丹道发轫期经典、"丹经之祖"《周易参同契》的成语。在丹道的"密码"中，"铅"也有"心"的意思，所以孙悟空是"心猿"，自然也就是"金公"。将孙悟空比作"心"，是《西游记》中另一个贯彻全书的大比喻，而"心"恰是丹道哲学中最核心的概念，所谓"主人公"和"不坏身"，说的也是"心"——然而和我们平时说的"心理"之"心"又大不一样。

《西游记》中"婴儿"和"姹女"这两个词，用得却不这么一目了然，在回题中写成"姹女"的，是陷空山无底洞的金鼻白毛老鼠精，至于"婴儿"，则先后拿来代称乌鸡国太子、红孩儿，以及师徒四人在比丘国拯救的那一千一百一十一个男童。这些地方似乎只是望文生义或照着字面意思混用。近年有人也是据此主张：《西游记》里用这些丹道字眼，真的只是随手"调戏"读者，其实毫无深意，根本不必当作文化词汇看。这也是发扬了胡适的认识——"玩世主义"。

可是仔细想想，如果真是照着字面意思混用，说红孩儿是"婴儿"也就罢了，乌鸡国太子是个读书射猎的少年，怎么也不该说是"婴儿"吧？其实从回题里看，这三个"婴儿"真的都是有意涵的，绝非无知的戏仿。乌鸡国太子，是迷而后悟，红孩儿是火怪归真成为南海善财童子，比丘国众男童是遭囚临危而重获新生的"纯阳之体"。这三者都是"心"的歧路与救正，甚至可以说都是重现了孙悟空的故事。他们称为"婴儿"，恰如其分。至于陷空山无底洞金鼻白毛老鼠精，则正是体现了"逸乐"或"情欲"的险境。在丹道思想中，独有"婴儿"，或独有"姹女"，都会偏离正道。也就是说，虽然"婴儿""金公"都是"铅"的"密码代号"，"姹女""木母"都是"汞"的"密码代号"，但用起来还是有细微差别的，"金公""木母"从"功用"角度说得较多，"婴儿""姹女"则从"倾向"角度说得较多。《西游记》连这细微的差别都运用得若合符节，能说是"调戏"读者吗？

可见，《西游记》运用丹道词汇是有意的、是真诚的，也是成体系的。人生哲学的元素在《西游记》中的广泛存在是毫无疑问的。

那么，为什么我们今天觉得《西游记》是儿童读物呢？或者说，为什么毫不了解什么"丹道"的小孩们能那么爱《西游记》呢？学者早就准确地指出，这是因为《西游记》的叙事非常适合儿童的心理。

儿童文学研究专家金燕玉曾写过一篇《〈西游记〉和童话》（见《西游记研究——首届〈西游记〉学术讨论会论文选》，江苏古籍出版社1984年版），比较全面地概括了《西游记》的叙事方式契合儿童心理之处：第一，描写想象奇境；第二，讲述"活动"和"冒险"；第三，神奇的夸张；第四，运用"反复法"和"三段程式法"。

古典文学研究大家林庚在《西游记漫话》中则发现了《西游记》中的"动物王国"和"天真世界"。《西游记》中的孙悟空和猪八戒是动物形象，大多数的妖怪也是动物形象。特别是孙悟空和猪八戒，其举动、气质都生动地表现着猴子与猪的特点，十分可爱。这是孩童眼中的形象，在别的古典名著中很难见到。连妖怪们也都常常是憨态可掬的。顺便一说，近年有人将《西游记》分为"真实的《西游记》"和"电视剧中的《西游记》"，称"真实的《西游记》"是"恐怖"的，而"中央电视台电视剧

造化会元：《西游记》

中的《西游记》"则"童话化"了，歪曲了原著；这是未读全《西游记》或未读懂《西游记》的人才会说的话。其实"中央电视台电视剧中的《西游记》"，再现的正是真实的《西游记》，其中的"恐怖感"和"童话感"都是真实的《西游记》本有的。

《西游记》确实写了妖怪世界的恐怖。以著名的"八百里狮驼岭"来说，第七十四回里，太白金星变化的老者就告诉猪八戒说："那三个魔头，神通广大得紧哩！他手下小妖，南岭上有五千，北岭上有五千；东路口有一万，西路口有一万；巡哨的有四五千，把门的也有一万；烧火的无数，打柴的也无数；共计算有四万七八千——这都是有名字带牌的，专在此吃人。"第七十五回还有一篇韵语，其中形容"真个是尸山血海，果然腥臭难闻。东边小妖，将活人拿了剐肉，西下泼魔，把人肉鲜煮鲜烹"。三个老妖领着四万七八千小妖这样吃人，这情景真是想一想就感到阴森可怕。这样的地方，早在第十九回就有位乌巢禅师在向取经人讲前路艰险时说到过："精灵满国城，魔主盈山住。"这两句话可以看作《西游记》人间世界的概貌。此即论者所言的"恐怖"。

可是，这个"恐怖"是存在于宏观概述的、是"诗"的，一进到细节、进到"小说"，气氛就成了天真的、玩闹的。

还是"八百里狮驼岭"，出场的头一个小妖（"专在此吃人"的"四万七八千小妖"之一），"敲着梆,摇着铃"(第七十四回"长庚传报魔头狠　行者施为变化能"),一边走一边自言自语——《大王派我来巡山》这首歌就是以这个情景为素材创作的,灵感来自中央电视台电视剧里将小妖的自言自语改成了怪腔怪调地唱"大王派我来巡山哟,巡完南山巡北山哟……"在《大王派我来巡山》中,将巡山的"小妖"刻画成一个天真、快乐的孩童形象,这个形象也多少有点小说的影子。孙悟空和这个小妖的一番对话就像小孩斗嘴,孙悟空像个比较聪明、狡猾的小孩,小妖则像个懵懂、憨笨的小孩。再看后来,孙悟空和"三个魔头"中的老魔(青狮)作战时,用计将老魔的心肝用绳系上,在山头扯绳,此时众小妖喊的竟然是:"大王,莫惹他!让他去罢!这猴儿不按时景,清明还未到,他却那里放风筝也!"当孙悟空说:"你要性命,只消拿刀把绳子割断罢了。"老魔却忧虑:"爷爷呀,割断外边的,这里边的拴在心上,喉咙里又榇榇的恶心,怎生是好?"于是孙悟空说:"既如此,张开口,等我再进去解出绳来。"老魔吓得说:"这一进去,又不肯出来!却难也!却难也!"(第七十六回"心神居舍魔归性　木母同降怪体真")此时,哪里还有一毫恐怖的气氛,岂不正是童话的趣味吗?

这样的妖怪形象,这样的童话趣味,在《西游记》中是颇为常见的,《西游记漫话》中还引述了孙悟空戏耍"赛太岁"金毛犼的片段,也是妙趣横生,

造化会元:《西游记》

宛如喜剧小品一样。这个情节原文在第七十一回"行者假名降怪犼　观音现像伏妖王"。

取经途中,孙悟空和猪八戒也常常斗口耍笑,有时连沉默寡言的沙和尚也掺两句俏皮话。唐僧虽是迂阔持重的长老,却偶尔也有谐趣之谈。比如"观音禅院"中的和尚看到孙悟空,说:"这般一个丑头怪脑的,好招他做徒弟?"唐僧的回答是:"你看不出来哩,丑自丑,甚是有用。"(第十六回"观音院僧谋宝贝　黑风山怪窃袈裟")这师徒四人,生生将妖魔遍地、险象环生的取经之旅走成了谈笑风生的"郊游"。

这样说来,《西游记》就既是"大道"的寄托,也是"小孩子看的书"了。这岂不是矛盾吗?

明代思想家李贽的"童心说"似乎可以解释这个"矛盾"。他认为:"童心者,绝假纯真,最初一念之本心也。"[①] 也就是说童心毫无虚假、纯粹真实,是人最开始的那个想法所体现的原本心灵。所谓"最初一念之本心",也是我国禅宗常说的话,是传统哲学的一大观念,中国人特别看重这一念。李贽将童心看作这一念,这就是说童心即大道。

可是,李贽的这个"童心说"大概是"可爱者不可信"的一类哲学,因为童心和"最初一念之本

---

① (明)李贽:《童心说》,载郭绍虞、王文生编《中国历代文论选》(第三册),上海古籍出版社2001年版,第117页。

心"毕竟存在区别；至少，这个"童心即大道"是一个须再论证的学说。拿"童心说"解释《西游记》，就会遭遇这样的尴尬：难道那些满蕴着哲理的回题、诗词、叙述、对白，是有"童心"就能写的吗？或者，其中的意思是任何儿童一看就能理解的吗？神化"童心"，无疑还是破解不了"《西游记》之谜"。

其实，早于李贽两千年的孟子，却比李贽说得确当："大人者，不失其赤子之心者也。"（《孟子·离娄章句下》）这里的着重点，在于"不失"。"赤子"并不是"大人"，有了丰厚阅历而又"不失其赤子之心"，才是"大人"。也就是说，"童心"本身不是"大道"，而"大道"中自有"童心"。这才是为什么小孩写不出《西游记》，但小孩爱看《西游记》的原因。

一个真领略"大道"的人，比如《西游记》的创作者，是会自然流露童心的，其实《三国演义》《水浒传》《红楼梦》里也都有童心的流露。可是，《西游记》的童心不光是自然流露的，也是乐此不疲的，写《西游记》的人从童心中获得的乐趣，比写《三国演义》《水浒传》《红楼梦》的人都多得多。这意味着，《西游记》的"大道"与"童心"尤有关系。

这是因为《西游记》离现实比较远，写《西游记》的人现实生活经历、社会历练不像写《三国演义》《水浒传》《红楼梦》的那些人那么丰富吗？很多人觉得《三国演义》写权谋，《水浒传》写江湖，《红楼梦》写家庭，都是人生经验实实在在支撑起来的，不像《西游记》写神魔只是随心所欲地编些热闹故事哄哄小孩子。其实这还是未细读《西游记》的人才会说的话。真正细读《西游记》的人会意识到，写《西游记》的人必然也是个社会生活经验十分丰富的人，是个"老江湖"。

林庚的《西游记漫话》就明确地论述了《西游记》"大量运用了市井生活的经验与素材"[1]。孙悟空的性格、言谈、经历、本领，都能在古代社会的神偷、游侠一类人中看到生活原型，大闹天宫的故事不似农民反抗剥削压迫的"起义"，而像"闲汉"展本领、赢名头的举动，至于送唐僧取经、一路降妖除魔，也不是"受招安"，乃是在交通不便利、治安存在大量空白区的情形中，侠客保着客商等人长途行路这类英雄之举的变形写照。特别是取经之路的情节，随处都可见实实在在的闯江湖经验。就此而言，其实《西游记》和《水浒传》的情节"场域"颇为重合，都是"市井"和植根于市井的"江湖"。然而《西游记》将这两个场域都融进了神话世界之中：迷香、缩骨这些神偷手段，变成了瞌睡虫、隐身法之类的"神通"，闲汉们傲人的神力与手中杆棒

---

[1] 林庚：《西游记漫话》，北京出版社2004年版，第166页。

夸张成了一万三千五百斤的如意金箍棒，啸聚山林的盗匪、人肉黑店的老板，则幻化为千奇百怪的山洞妖魔。

孙悟空在取经路上降妖伏魔的方式，概括起来是四大本领：亮字号、寻关系、施诡计、斗武力。亮字号最有名的一次，是他三打白骨精之后遭唐僧斥退时嘱咐沙和尚："倘一时有妖精拿住师父，你就说老孙是他大徒弟，西方毛怪闻我的手段，不敢伤我师父。"（第二十七回"尸魔三戏唐三藏　圣僧恨逐美猴王"）这虽不是他自己去亮，亮的却是他的字号。寻关系，是上天入地探察妖魔的来历，再顺着来历，搬请妖魔的克星。施诡计，又分两种，一种是偷出妖魔的宝贝，一种是钻进妖魔的洞府里甚至肚子里。斗武力就是抡起金箍棒砸去。走江湖的好汉，凭的也无非就是这四大本领，清朝成熟的镖局行业，用的也是这四大本领：路遇劫匪，或者大意遭人"缶"了镖（江湖黑话说"偷"用"缶"字，念阳平声调），那就先是亮字号，希望对方莫与自己为敌；亮字号无效，则寻关系，即搬请能压得住对方的人出面说话；再无效，就得施诡计，拿住对方的软肋，或者干脆去将镖银"缶"回来；如果这些都无效，那就只能斗武力，硬拼硬打了。现实中，通常是前两个做法，后两者大都只是作为前两个做法的底气与威慑力存在；《西游记》中，孙悟空是"斗战胜佛"的"因地"，而且小说总得热闹好看，所以通常都是先斗武力、施诡计，但最后真正成功的，多半还是寻关系。但我们也可以从另一个角度想：西行之路十万八千里，一路山有山精水有水怪，为何只有"八十一难"（其实"八十一难"中真正遭逢妖魔只有三十多次）？焉知不是"齐天大圣"的字号令许多妖魔闻风而退了呢？

孙悟空还有一个长处，就是知道江湖险恶，能识别扮成无害样子的妖魔，也就是人们常说的"火眼金睛"。这正是因为他自己出身江湖，熟知许多骗术的门道。金鼻白毛老鼠精在树林里诳惑唐僧师徒时，孙悟空就说："师父原来不知，这都是老孙干过的买卖，想人肉吃的法儿，你那里认得！"（第八十回"姹女育阳求配偶 心猿护主识妖邪"）从小说情节看，花果山的猴子们吃喝的是花蜜、果肉、山芋、黄精之类，那么孙悟空其实大概是未干过这种"买卖"的，但他学艺成名之后结识的妖王、魔王、独角鬼王们恐怕不乏干这种"买卖"的，所以他"认得"。这也正和武松能"认得"孙二娘的伎俩一样。

总之，透过天马行空的奇幻笔墨，我们看到的是一个饱识世事的写作者。支撑起《西游记》叙事细节的，就像支撑起《三国演义》《水浒传》《红楼梦》叙事细节的一样，也是实实在在的人生经验。

可是，这个饱识世事的写作者却仍然"不失其赤子之心"，所以是"大人"。他不是板起面孔或者自居"前辈"地大讲世路艰险、人心叵测，大讲自己为人处世的经验多么可敬可贵,人人须学;相反地,他将这些人生经验都化于玩笑调侃,讲成了轻松滑稽的儿童游戏,而又将"金公""木母""断魔归本"和"西游释厄"的"大道"细心地嵌入这玩笑调侃与儿童游戏之中,以江湖故事为素材,发挥童心中本具的大道,展露大道中活泼的童心。"世情—童趣—哲学"三者一体,这才是《西游记》这部书真正的"归类"吧。

自由:正—反—合

那么,《西游记》讲的"大道"究竟是什么?"心性""释厄"这些术语,我们看起来总是觉得有点不知所云。或许我们可以用一个今天我们常说,而当时的人也许不知所云的词来概括:《西游记》讲的"大道",就是自由之道。我们在此不必深究《西游记》中到底哪一个词义为今天我们说的自由,正像先不必深究我们今天说的哪一个词等于《西游记》中的"心性"一样。作为今天的读者,我们都能感觉到,《西游记》讲了一个关于自由的故事,孙悟空就是我们文化中的自由之神。

他真的天生就是自由之神。自古迄今,人有父母方能出生于世、长大成人,有父母就有家庭,于

造化会元：《西游记》

是人的举动言行就不只是自己的事，必得牵累到家庭，即有家庭义务；古时讲究子承父业，常常一辈子都在原生家庭的范围之中生活；走出家庭的办法就是出门另学一门手艺，可是另学手艺就得拜师，拜师就有师门，而师门正是家庭的模拟版，于是学了手艺之后在社会的言行举动也不只是自己的事，必得牵累这个虚拟家庭，即有师门义务……从逻辑上说，无拘无束的自由只是一个遥远的幻想。可是孙悟空是从石头里蹦出来的，无父无母，他钻瀑布、邀群猴、称美猴王，都只是他自己的事。他也拜师学了本领，可是他的师父亲自以严令给他彻底解了师门之责："……不许说是我的徒弟。你说出半个字来，我就知之，把你这猢狲剥皮锉骨，将神魂贬在九幽之处，教你万劫不得翻身！"这话字面残暴，其实却是真正大慈悲，从此孙悟空闹龙宫、闹地府、当齐天大圣、战天兵天将，乃至成为斗战胜佛，也都是他自己的事，"只说是我自家会的便罢"！（第二回"悟彻菩提真妙理　断魔归本合元神"）世人终其一生难以获得的逍遥自在的自由，孙悟空自然而然就有了。

可是，之后呢？

如果这就是自由，这就是理想境界，那《西游记》也就不必写了，或者写几首赞美诗就可以了。事实是，平常人幻想中的这个最自由的状态，在《西游记》的创作者看来，恰只是自由这件事的起点和最低点。

其实,人们幻想的这种自由,正是儿童心理的自然表现。当婴儿有了自我意识,就觉得自己之外的世界都是为自己而存在的,这个观念延续到婴儿期之后,就是期望谁都服从自己的意志,而自己则谁的意志也不必服从,想做什么就做什么,想怎么做就怎么做。正常来说,人在成长中会逐步学会与外界进行妥协、交换,通过服从外在的规则来达成自己的意愿,此即人的"社会化"。但在这个过程中,婴儿幻想不可能自行消弭,妥协和交换其实都只是这个幻想的退让而已——它只是变得"聪明"了。但这个"聪明"了的幻想,归根结底还是想摆脱这些不情愿的"聪明",返回到最初的那个"真实"简单的自己。小说起始之时上天入地、为所欲为的孙悟空,正是每个人心底藏着的那个最初的自己。

《西游记》酣畅淋漓地写出了这个自我幻想,却也写出了这个"真实"简单的自己将造成什么。先是混乱——当然,这个混乱,沉浸于"自由"狂喜的那个自我大概不觉得是混乱,至少不觉得是什么坏事,只觉得有趣、过瘾、威风、英雄。然而就在这英雄威风之中,一个与自由对立的东西油然而生,那就是"野心"——孙悟空居然"要夺玉皇上帝龙位"!真当了天宫之主,则三界多少事、多少关系都得他应酬周旋,还自由吗?然而他的理由是:"强者为尊该让我"(第七回"八卦炉中逃大圣 五行山下定心猿"),这又正是之前那个幻想的必然逻辑。他的英雄威风,其实就是"强者为尊"。我们试想,他恃强"勾"了生死簿中"猴属之类",若从此猴子都有生无死,那数十百年后,世上得有多少猴子?这些猴子吃什么、喝什么?或者从某一刻起猴子们不再繁衍后代,那时猴爷爷永远是猴爷爷,猴孙子永远是猴孙子,又岂是群猴之幸?他在龙宫强抢兵器,那么若有强于他的妖仙,自然也就可以再从他花果山抢兵器,从此天下纷纷,又哪还有逍遥太平岁月可言?所以,不必希求天宫权势,正当他自由得有趣过瘾之时,野心就在其中了。

童心纵情造成的混乱和生起的野心,遭到了惩罚,孙悟空困于五行山下,只有等到成为取经人的徒弟,才能逃离惩罚。这一等,就等了五百年,终于逃离了五行山之后,他仍然以之前的"自由"之意态行事。惩罚本身是不足以达致新知的。这个"自由"有可能一次一次地在这个水平反复循环。但在孙悟空的故事中,发生的不是重复旧事,而是出现了一个新的情况,那就是"紧箍咒"。

紧箍咒,是《西游记》的读者们最难以释怀的事,特别是今天的读者。当代许多改编《西游记》的作家,也都在紧箍咒这里花了许多心思,作了许多新文章,紧箍咒甚至常常成为改编作品的"题眼"。在电影《大话西游》中,紧箍咒意味着放弃爱的自由，可是至尊宝选择戴上金箍，却是为了爱。在这里，紧箍咒的故事象征一个人在成长中为了承担起爱的责任，而牺牲了自己的自由意志与潇洒。在小说《悟空传》中，紧箍咒就是一个欺骗、改造孙悟空的器械，造成孙悟空忘记了自己的自由意志与尊严。在动漫《大圣归来》中，紧箍咒未出现，但是沿着剧情的线索，很多观众想象，孙悟空将会为了江流儿，而甘愿戴上金箍，从桀骜不驯的大圣变成坚若磐石的行者。这也是为了承担起爱的责任而牺牲自己的自由意志与潇洒，这个爱，很像是父爱。

说起来，《悟空传》大概最鲜明地表达了我们这一代人少年时读《西游记》的真实感情：我们是痛恨紧箍咒的，我们觉得紧箍咒害得孙悟空不得自由；甚至最后功成圆满时那个金箍凭空不见了，我们也不大能放心，觉得若能掰断它才最好。而《大话西游》和《大圣归来》里表达的，是我们长大后觉得可理解的心情与道理。然而，长大真的就是放弃自由意志吗？或者说，紧箍咒真的是为了泯灭自由意志吗？仔细想想，我们小时候虽然讨厌紧箍咒，但却仍然喜爱戴了金箍之后的孙悟空，那个孙悟空依然豪迈、灵动、调皮，而且好像还比以前多了些幽默。再仔细想想，紧箍咒的起因，是孙悟空为了唐僧的"絮絮叨叨"就弃他而去；我们真正恨的，是此后唐僧多次不辨善恶滥念紧箍咒，而非紧箍咒将孙悟空"紧箍"在西天取经的旅途——唯有沿路那些吃人逞威的妖怪才希望孙悟空一去不返,莫坏了他们的"好事"吧。

现在,再返回我们刚才的讲述。当惩罚结束,重获"自由"的孙悟空可能重复旧事时,紧箍咒出现了,紧箍咒绝非侮辱、泯灭自由意志,而是捍卫自由意志力量的堤坝,让漫溢泛滥的自由意志汇聚到一个自己本来就向往的方向,让孙悟空的英雄事业可以明确、稳定,久久为功,长期积累,渐入佳境。抢武器、偷丹酒这些事酷是酷,好玩是好玩,可是抢到就抢到了,偷到就偷到了,此后就是新的无聊与烦闷,野心只会漫无端绪地越来越大,直至失败,遭到惩罚。这已不是自由,而是成了自己都不知从哪儿来、到哪儿去的异己力量的奴隶。简言之,紧箍咒带给自由的,是成长。

西天路上,孙悟空斩妖除魔,"玉宇澄清万里埃"(毛泽东诗句,见《七律·和郭沫若同志》),在实现取真经的理想之外,还与同行者们一起拯救在妖魔的淫威下恐惧凄惨的百姓,匡正遭妖魔蛊惑而残暴荒唐的乱政,解救遭到妖魔拘禁强婚的女子,改造污秽致病的环境,抗击旱灾……可以说每到一处,都潇洒英武地驱散黑暗、播洒光明,创造崭新公正的秩序。也就是说,他活泼雄健的自由意志不再沦于混乱,而是创造秩序了。当年任性的野心,也变成了扶危济困、惩恶扬善的正义感与使命感。

他确是处在紧箍咒的束缚之中的,这个束缚也多次因为唐僧的滥用而破坏了他自由意志的发挥,造成师徒们的挫折。但是,头戴金箍的自由意志也有了辉煌的英雄之旅,真正成了众口传诵、救苦救难的齐天大圣。

刚才说过,最后金箍这个束缚不是掰断了,而是不见了。这也是小说的最后一个故事情节,原文是:

> 孙行者却又对唐僧道:"师父,此时我已成佛,与你一般,莫成还戴金箍儿,你还念什么紧箍咒儿掯勒我?趁早儿念个'松箍咒'儿,脱下来打得粉碎,切莫叫那什么菩萨再去捉弄他人!"唐僧道:"当时只为你难管,故以此法制之,今已成佛,自然去矣,岂有还在你头上之理?你试摸摸看。"行者举手去摸一摸,果然无之。
>
> ——第一百回"径回东土 五圣成真"

我们当年读时,不大能放心,是因为这个"自然去矣,岂有还在你头上之理"总觉得不像"脱下来打得粉碎"那么一目了然、清清爽爽。可是在《西游记》的逻辑里,至此却正是这一句才最了然、最清爽、最真确无疑。因为,如果这个束缚能"脱下来打得粉碎",那么也就有可能另一个束缚不知何

造化会元:《西游记》

时又箍上去,还得再想办法、花工夫"脱下来打得粉碎";只有这个束缚"自然去矣",连还在头上的"理"都不可能有,那才真的是永离束缚,另一个束缚又到头上的"理"也不可能有了。

当自由真正成长到了"从心所欲而不逾矩"(《论语·从政第二》)的地步,束缚就无处容身,落不下、站不住、用不上力,这个自由——岂有束缚之理的自由,才是真正的自由。

再进一步说,到这时就会意识到,这个金箍从来就不曾存在,"那什么菩萨"从来就不曾"捉弄"谁,"紧箍咒"的力量还是来自那个自我幻想、那个野心、那个"自由"的失控。成长中的束缚感,其实是野心的幻象,是自我幻想的潜流,当成长实现,自我幻想融于秩序的真实创造,"野心"化为自强不息、厚德载物的天命,所谓束缚感也自然就成了无源之水,无本之木,于是确知:紧箍咒本来就是个虚影。

此时,孙悟空实现的,恰恰正是儿童的那个心愿:想做什么就做什么,想怎么做就怎么做,逍遥自在,潇潇洒洒。古人称此为"得其环中,以应无穷"(《庄子·齐物论》),以我们今天的话来说,就是掌握了世界的规律,从"必然王国"抵达了"自由王国"。

当然,不必说在《西游记》成书的那个年代,即便到今天,这也还只是人类社会的未来方向与理想，而就每一个人来说，在有生之年大概也达不到这个境界。《西游记》的伟大正在于以神话的方式毫不犹豫地揭示了这个理想的合理与可能，揭示了在童心的自由幻想中就有着真理的种子，这个种子必须生长，才能日益趋近真理。我们在前文说：童心本身不是大道，但大道中自有童心。现在我们可以这样说：童心本身不是大道，但童心中自有大道，大道是童心真正的觉醒与实现。

现在，我们再试着看看《西游记》原书在讨论这些时的词语，比如"心性"。童心中的真理种子，就是《西游记》中所说的"性"，此"性"本来就是自由的，可是当其与世界遇合，却因茫昧与自我神化，而迷失在无聊、怨恨、烦闷之中，这就是"心"，它不由自主地沦于混乱，给自己造成伤害、痛苦，而且有可能无限地重复这个过程，但是，"心"仍然是"性"，只是迷失了的"性"，因此它可以成长，它造就混乱的能量也可以创造秩序，它本来是"性"，也终将回归自由，这个回归，是出离了茫昧与自我神化之后的回归，是终于认识到自己非"心"而是"性"的回归，即《西游记》所谓"成真"，所谓"正果"。孙悟空是"心"，斗战胜佛是"性"，孙悟空就是斗战胜佛，是为齐天大圣。

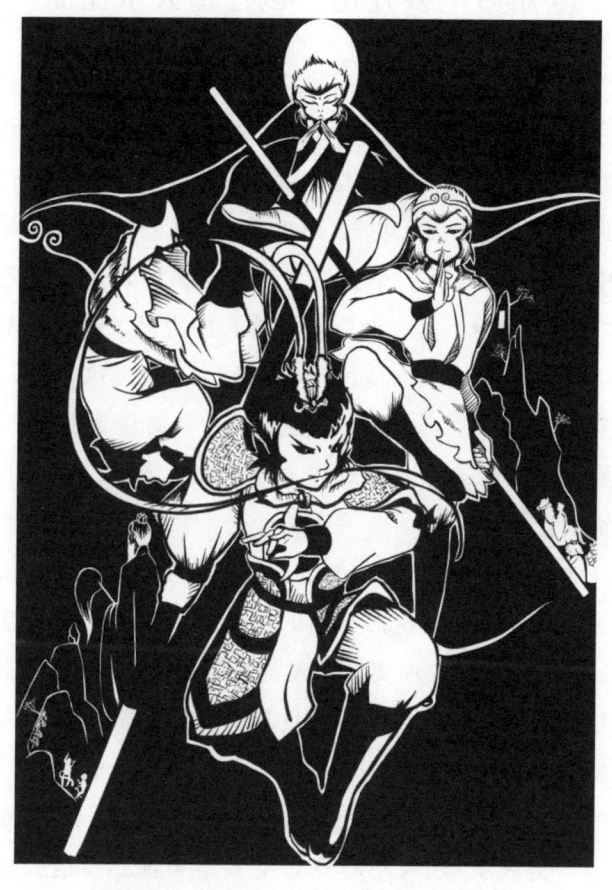

孙悟空：自由的正一反一合（孙伊琳绘）

欲知造化会元功，云在青天水在瓶

《西游记》的开卷诗说："欲知造化会元功，须看《西游》释厄传。"这也就是说，一部《西游记》，讲的是"造化会元功"，讲的是"释厄"。古代汉语中的"造化"有多个含义，但最本原的含义，就是"造"（创造）与"化"（发展）的力量，即宇宙人生的规律；"会元"，就是体认和融入这个规律。"厄"是苦难，"释"是解脱。这是人类古老而常新的梦想：经由掌握和运转客观规律，解脱世间苦难，达到生命的自由。

《西游记》将这个梦想幻化为美妙精彩的神话，然而小说家寄予这部神话的期待，却是每个读者都能够从中获得在现实中突破自我幻想的决心和勇气，乐于走向广阔无尽的内心世界与生活世界，善于去探索、去创造、去匡扶正义、去"会元"，苦练自己的"七十二变"，战胜自己的"八十一难"，人人成为"美猴王"。六小龄童先生多年来苦心孤诣弘扬"猴王精神"，良有以也！

唐代的李翱有名句"云在青天水在瓶"（"天"字一作"霄"，意思无别），这是他记载的当时一个哲学家的话，他向这个哲学家"问道"，这个哲学家的答语，就是这么一句话。这句话表达的也是中国古代哲学的自由心境：放眼看去，在青天的云，在瓶的水，都是道，道就是这么实实在在的；实事求是的人，就是"得道"的人，人能实事求是，就能在认识世界、改造世界中流露心灵的自由。人在宇宙中就是这样的自由，《西游记》讲的就是这样的自由。

自由与人不远，却须奋斗方得。沉湎于自我幻想，与放弃自由梦想，都悖离我们儿时的英雄之志，唯有顽强成长，才是猴王本色。今天，科技之发达，人文之昌明，都超迈古代，我们理应发扬实事求是的文化，以本能的自由之力，脚踏实地、一步一步追寻自由之境，不懈地去发现客观规律，坚定地尊重客观规律，为了人类的幸福，矢志前进。

天下便无不可读之书

金圣叹在《读第五才子书法》中说："《水浒传》章有章法，句有句法，字有字法。人家子弟稍识字，便当教令反复细看，看得《水浒传》出时，他书便如破竹。"金圣叹认为天下有六大才子书，是《庄子》、《离骚》、《史记》、杜甫的诗、《水浒传》、《西厢记》，《水浒传》名列第五。他说的"才子"，可以大致理解为会作文章的人，所以在他看来，这六大才子书每一本都能教人学会作文章，因为其中处处都有作文章的道理和方法。他建议，家里孩子只要能识字了，就让他们反复、仔细地读《水浒传》，只要《水浒传》读透了，再读其他的书就会特别顺利，好像"势如破竹"一样。因为别的书无非也是用这些方法作文章，理解了《水浒传》作文章的方法，就理解了任何书作文章的方法，而既然知道了那些书是怎么写成的、为什么这样写，当然也就容易准确地掌握书中讲述的知识和表达的意思了。可见，在他看来，《水浒传》也能教人学会读书。当然，能达到这个效果，必是真的读到了、读懂了《水浒传》的妙处，而可惜大多数人是读不到、读不懂的，"只看了闲事"，所以金圣叹才"点阅""批评"《水浒传》，好比"金针度人"，将书中妙处指点给人看。的确，读同一本书，会读书和不会读书，收获是大不一样的。本书拉拉杂杂地说了"四大名著"许多，也是希望和读者朋友交流一些读书,特别是读经典、读大叙事的方法和视角。"四大名著"既然都聊过一遍了,现在就来总括一下,在我们看来"四大名著"究竟该如何读、读什么,以至于一切人文经典究竟该如何读、读什么。"四大名著"是伟大的人生之书,读时这些方法和视角能用得巨细靡遗;而在读"四大名著"时锤炼了这些方法和习惯,以后再读任何书就都可以"味中得上味",得到其书最大的乐趣与益处。此所谓:读得"四大名著"出,天下便无不可读之书。

文本细读

中国古人本来就多有"细读"之诲,前引金圣叹说的"反复细看"其实就是"细读"。但是"细读"作为一种特定的、系统的阅读方式,是20世纪美国"新批评"派的教授们大力提倡的,英文原文是"Close Reading"。在此,我们借鉴他们的理论、经验,结合我们本土的传统,围绕"四大名著"谈谈文本细读这个读书方法。

文本细读,应"一字一字读"。如果只是想看个故事,瞧个热闹,那当然可以跳着读、一目十行地读,甚至不读也行——像"武松打虎"或"草船借箭"这样的故事，不读《水浒传》和《三国演义》原著，也知道个大概。但是真读书，就必须一字一字地将原文读下来。知道个故事容易，一字一字读原文难；知道个故事的乐趣比较小、比较短暂，原文一字一字读下来之后获得的乐趣则比较大，也更长久。

就拿"武松打虎"（《水浒传》第二十三回"横海郡柴进留宾　景阳冈武松打虎"）来说吧。我们都知道武松在"三碗不过冈"的酒馆开怀畅饮了一顿，上山后遇到猛虎，赤手空拳打死了猛虎，真厉害！当然，现在老虎是重点保护的濒危野生动物，我们要学习武松的勇气和精神，但不应该杀害老虎……只看个故事，大概也就只能说这些了。那么，如果一字一字读呢？我们就可以读到很多有意思的细节。

首先，武松上山是因为胆子大，"明知山有虎，偏向虎山行"吗？不是，他孤身上山，是不相信山里有老虎，这个不相信基于他的生活经验：第一，他小时候是这里的"本地人"，他觉得自己很清楚这个山里有没有老虎；第二，他闯荡江湖这么多年，觉得自己能识破店家拿老虎吓唬客人的奸计。所以这时候的武松与其说是勇敢，不如说是自作聪明。

直到在山麓的破庙看到官府张贴的盖了大印的榜文，他才知道原来山里真有老虎，因为官府毕竟不会在这种事上骗人。这时候武松的第一反应是什么呢？"欲待转身再回酒店里来"！一个单身行路的人，怕老虎才是正常的，无缘无故地非在夜里见老虎，就太不合情理了。

但是，他又并不是真的"转身再回酒店"，原因是什么呢？是他"寻思道：'我回去时，须吃他耻笑，不是好汉。'难以转去，存想了一回，说道：'怕甚么鸟！且只顾上去看怎地！'"可见，第一是"羞刀难入鞘"，面子放不下了；第二是有侥幸心理。当然，这里是有点勇气在的，但说是"死要面子"和"鲁莽"也许更准确些，总之仍然没有什么可学习的。

到武松真见到老虎时，虽然大惊，却反应敏捷，苦战到底，这临危不乱和绝不屈服的气概，才真是勇气，真该崇敬和学习。

其次，武松是喝了"三碗不过冈"的酒却千杯不醉，或者虽醉而能"醉打猛虎"吗？都不是。书里写得很清楚，武松的确酒量惊人，超过酒家的预想，一连喝了十八碗这种烈酒，仍能好整以暇地走出去，走上山。但酒家也早说了："我这酒叫作'透瓶香'，又唤作'出门倒'，初入口时，醇酽好吃，少刻时便倒。"从喝到醉是有个时间差的，只不过这个时间差在武松这儿远远超过了常人，他在山上又走了一些时候，就醉得"踉踉跄跄"了，寻了块大石头便"却待要睡"。但他打虎时，又不是醉酒的状态了："武松被那一惊，酒都做冷汗出了。"他正要醉倒时，老虎跳出来，他的酒被老虎给吓醒了，这才能打虎。

还有，武松真的是赤手空拳上山的吗？不是，他一路都拿着武器——梢棒。但武松又的确是赤手空拳打死老虎的，因为这根梢棒还没打到老虎，就先断了。这正是文中特别精彩的一笔："武松见那大虫复翻身回来，双手抡起梢棒，尽平生气力，只一棒，从半空劈下来，只听得一声响，簌簌地将那树连枝带叶劈脸打将下来，定睛看时，一棒劈不着大虫，原来打急了，正打在枯树上，把那条梢棒折做两截，只拿得一半在手里。"说这一笔精彩，只看这一笔还看不出，原来，从武松辞别柴进，小说就一路上处处写到梢棒，用金圣叹的话说："彼固欲令后之读者，于陡然遇虎处，浑身依仗此物以为无恐也，却偏有出自料外之事，使人惊杀。"这里的"彼"是指小说的创作者，这个创作者经过一次次不动声色地"反面铺垫"，让梢棒的折断意味着"顿失倚仗"，成了武松景阳冈危机的顶点，也让读者（最早应该是听者）的紧张感达到了顶点。这就是所谓"章有章法"。若非一字一字读，这些慧心妙笔就当面错过了。

这里也体现了文本细读的第二个原则，那就是"瞻前顾后读"，读出草蛇灰线、琴瑟间钟。

"草蛇灰线"也是金圣叹的批评术语，刚才说的梢棒就是典型的"草蛇灰线"，用金圣叹的原话说：

"骤看之,有如无物,及至细寻,其中便有一条线索,拽之通体俱动。"这是比喻作家将叙事中的重要元素隐藏在细节中,当真相大白或突变发生时,读者会有恍若惊梦的阅读快感。《红楼梦》尤其如此,只可惜原书未完,但后世细心读者也能从"草蛇灰线"中渐渐大略知道八十回之后的故事,这也正是名著的惊人魅力。

"琴瑟间钟"则是毛纶、毛宗岗父子托名金圣叹写的《读三国志法》里概括的结构美学概念,完整的说法是"笙箫夹鼓、琴瑟间钟之妙"。笙箫是表示平和雅穆的音乐,鼓声则是狂放激烈的象征;琴瑟代表着旖旎、娱乐,钟声则是庄重高远的。笙箫之声与鼓声交替,琴瑟之声与钟声交替,比喻的是《三国演义》善于将宏大的战争、政坛叙事与琐细的闺阁、家宅叙事交织起来,自然地调和了文章的气氛与结构。《读三国志法》中说:"人但知《三国》之文是叙龙争虎斗之事,而不知为凤为鸾、为莺为燕,篇中有应接不暇者,令人于干戈队里时见红裙,旌旗影中常睹粉黛,殆以豪士传与美人传合为一书矣。"的确,如果囿于"常识",或者是读一处便只看这一处,那么说起《三国演义》就会觉得是写"龙争虎斗"的书,而全不知还有这样的结构之美;唯有能读一处而知前文如何、后文如何,才能真正体验到婉转澎湃的美感与乐趣。这就是为何说真正的阅读是重读。名著是应当反复读的,也是经得起反复读的。就像品茶，越品越有滋味，但第一口茶又自有第一口茶的好，读名著也是这样，第一遍读有第一遍读的惊奇和喜悦，重读时也依然有新的惊奇和新的喜悦。前文会照亮后文，后文也会照亮前文，所谓照亮，就是赋予意义，彰显妙处。

这个"琴瑟间钟"也可以做宽泛的理解，小说中种种对比的笔法，也都是"琴瑟间钟"，而多数的对比，只有"瞻前顾后读"才读得出来。如《水浒传》中鲁智深的"慈悲"、得饶人处便饶人，单看写鲁智深的情节是不大看得出来的，一与粗看起来气质相似的李逵对比，便立刻看到了。再如《三国演义》中火烧连营后刘备感到愧对诸葛亮，失街亭后诸葛亮感到愧对刘备，君臣之间的这一镜像式的情节，升华了两人的关系，也丰富了两人的形象，而再比读数十回之前，田丰听闻袁绍官渡战败便知自己必死，袁绍也果然恼羞成怒杀了田丰，则更是见得高者愈高，而劣者愈劣了。

文本细读的第三个原则，是"上天入地读"，读到圣贤境界和日用平常。圣贤境界喻为天，日用平常喻为地，但天地本是一体，圣贤境界就在日用平常之中，日用平常也不离圣贤境界。《红楼梦》中薛宝钗就曾说过这个道理。当时是李纨、探春、宝钗三人协理荣国府，议事时，宝钗和探春谈到了朱子和姬子的文章，于是李纨笑道："叫了人家来，不说正事,你们且对讲学问。"宝钗道:"学问中便是正事,此刻于小事上用学问一提,那小事越发作高一层了。不拿学问提着,便都流入世俗去了。"(第五十六回)后人考证她们谈的朱子"不自弃"之文和姬子的"登禄利之场,处运筹之界者……"这半句话,普遍公认的结论是:那篇"不自弃"之文是后人伪托朱子之名而作的,至于"姬子",可能就是曹雪芹或者探春随意杜撰的。但宝钗的话是很有意思的,尤其放在这个情节之中。探春、宝钗都是饱读诗书的才女,她们的才学平时只能用在吟诗、猜谜、酒令这些闲事上,可是短暂协理荣国府,却证实她们的确是有"经济之才"的,小而言之可以齐家,大而言之也可以"致君尧舜上"(杜甫《奉赠韦左丞丈二十二韵》句),但是因为她们是女儿身,所以一生不可能有这样的用武之地。这是曹雪芹的大感慨。然而此处还有一个小感慨,那就是"仕途经济"和"读书学问"到底是什么关系。当时科举是进身做官之道,这似乎成了"学问"与"正事"之间唯一的关联,此外,"正事"便用不着"学问",而是另有其本领与手段了。曹雪芹在这个情节中透露了一点他的严肃思考(虽然在小说里故意说是"取笑之谈"),那就是学问和正事本应是一体的,学问本来讲的就是正事,讲学问就是说正事,真有学问者,也就是真能办好正事者,探春、宝钗正是这样的人。

曹雪芹之论确是正论。我们读人文经典,也该有这样的认识和信念。像"四大名著"这样的小说，正是将学问融入事功，将圣贤境界融入日用平常的杰构。所以我们读书时不可忽视书中的议论文字，认为是冗余说教；也不可忽视书中的生活琐细，认为无聊拖沓。议论和生活琐细，都不是热闹情节，但却是那些热闹情节的根和魂。读书要读到心里，要读到生活中。读到心里，就是书与我们的哲学、与我们的信仰相遇；读到生活中，就是书与我们的经历、与我们的言行相遇。相遇不见得就是趋同，也可能是存异，或者坚定了原来的自己，这些都是有益的改变，都是读书的真正乐趣与收获。不懂"上天"不解"入地"的读者，读什么也只是读些零星故事；"上天入地"的读者，即使是读零星故事，也能得到些心灵的启发与惊喜。这就是我们说的不会读书与会读书的区别。会读书的起点，大概就是不轻视小说中的议论文字与生活琐细。

  归纳而言，文本细读是读书人的基本功，运用起来，就是"一字一字读"，放下虚像，如实阅读；"瞻前顾后读"，读见"草蛇灰线""琴瑟间钟"；"上天入地读"，广识圣贤境界、日用平常。

人类处境

我们如果进一步问：书中的圣贤境界、日用平常，与紧张情节、热闹场面，我们读的所有这些存在共同的本质吗？共同的本质是什么？这也就是在问：我们读书，特别是读经典，究竟在读什么？

我们可以这样回答：能涵盖书中的架构、叙事、描写、议论，涵盖任何有意义的文字的，即我们读经典时应该读到的，是关于人类处境的表现、隐喻和思考。

所谓人类处境，就是人类共通的、跨越时间与空间的那些处境。从人类出现的那一天起，就面临着这些处境，今天的我们仍然面临着这些处境；中国人面临着这样的处境，西亚人、欧洲人、非洲人、美洲人等等也面临着这样的处境——像这样的，便是人类处境。

人类处境根源于人类的特质，比如人类是动物，是动物就会有生有死、有饮食和繁殖；人类是高等动物，是高等动物就会有丰富的触感，有辨别与偏好；人类是社会性的动物，是社会性的动物就会有秩序和权利的追求……只要人类还是这个意义上的人类，只要人类还未改变这些基本的特质，人类处境就是"永恒"的。

当然，人文作品不可能只呈现抽象的人类处境。事实上，古今中外绝大多数的经典人文作品都是呈现人在具体时空、具体文化、具体秩序状态中的情感、心理、言行、思想、关系构建的。有一些人文经典，在写下来的时候是为了实用，比如记事以备忘、公布以立规；但其之所以成为经典，必然是因为其中蕴藏或体现了超越特定时空、超越实用目的的人类处境意义，故而才能与迄今任何时空、任何文化、任何秩序状态中的人共振或碰撞。虽然周朝大夫相见时的礼仪细节与我们今天的生活毫无关系，但是我们今天读《仪礼》中详细记载这些细节的篇章依然感动和获益，原因就是寄托于记载之中的节制、尊重、谦和等精神追求并不是只与特定的处境有关，而是与人类处境有关。何况有些文本在写下来的时候，就有意地在表达关于人类处境的认识和思考，虽然这些认识和思考也不可能离开写作者身处的具体时空。总之，人类处境在人文作品中通常表现为具体的处境，但是人文经典却都是或有意或无意地以具体的处境谈论了人类处境本身。所以，我们读经典也应透过书中人们具体的处境，读到人类处境本身。

任何人类处境在人生中的具体表现，都呈现为一个光谱。比如，"秩序"作为人类处境，是说我们每一个人作为人类都必然处在社会运行的规范与方式之中，但究竟是什么样的秩序，其间就有治乱兴衰之别，每一个具体的时空，都处在这个"秩序"光谱的某个点上。我们从种种秩序中，才能了解"秩序"这一人类处境，人文大师们关于秩序的种种表现和讨论，拓展了人类关于"秩序"的认识和思考疆域，这个疆域也必将继续拓展。阅读他们的作品，既拓展我们自己认识和思考的疆域，也增进我们为全人类继续拓展和善化这个疆域的本领。

这里，我们选择三个人类处境光谱，看看可以如何从人类处境的视角解读"四大名著"。

第一个光谱就是刚才谈到过的治乱兴衰，即"秩序"的光谱。我们会发现，"四大名著"其实都表现和思考了治乱兴衰。《三国演义》大者有天下之王纲解纽、生灵涂炭，小者有各个势力、各个政权的成败存亡，可以说全书皆注目于"治乱兴衰"四字；《水浒传》写朝廷昏聩、无法无天之时，底层豪杰试图重建正义的曲折努力，也写了水泊梁山的兴盛与衰败；《西游记》以猴喻心、以心表世，深思自由与纲纪的关系，力求证成"自由之治"（即"斗战胜佛"）；《红楼梦》写贾府的"烈火烹油"与"昏惨惨似灯将灭"，慨叹"治"的悲剧与"乱"的悲剧，呼唤着新的、"深情"的秩序……我们读"四大名著"中的治乱兴衰，既应在大处着眼，也应在小处着眼，从一个情节、一句话甚至作家的一个用词用字中体会其中的研精覃思之处，比如武松斗杀西门庆的前因后果,比如宝玉关于袭人家妹妹的感言(见《红楼梦》第十九回),比如孙悟空解救众人时自言自语的"夜静妖眠"(见《西游记》第六十五回"妖邪假设小雷音,四众皆遭大厄难")。读这些时,我们自然会思考法治的意义,思考何为公正的社会流动,以至于思考秩序的生成与生长方式,而且是在丰富而生动的情境之中思考。

第二个光谱是穷通夭寿,即"命运"的光谱。"命运"大概是人类诸处境中蒙上神秘色彩最多的一个。其实,无论说得多玄,命运无非就是那些能够影响到人的生活而又不以其人的意志和行动为转移的事件,比如一个人去踢一个大铁块,之后脚趾剧痛,我们不会说这是命运,因为这是他自己意志和行动的结果,而另一个人不慎踢到了一个大铁块,或者忽然之间脚趾就剧痛起来,我们就会说这是命运,因为至少在我们可知的事实之中,这个状况与他自己的意志和行动无关。如此说来,万物都有"命运",但只有人类对于"命运"这样敏感、焦虑和热情,因为人类有关于"未来"的想象,并且努力掌控"未来",而"命运"的本质恰恰与这个努力相拮抗。命运可以概括为"穷通夭寿"这四个字。前两个字概括了生命历程中遇到的全部"命运"事件,"穷"是不顺利,"通"是顺利;不以自己的意志和行动为转移的事件,给人的影响都可以分类在这两种之中——或者与自己的意志和行动相悖,即

"穷",或者与自己的意志和行动合辙同向,即"通"。后两个字则是生命本身的"命运"事件,即生命本身的短与长,这超出了顺利与不顺利的范畴,因为顺利与不顺利都只在"生"的状态中才有意义可言。这四个字在"四大名著"中也是无处不在的。诸葛亮心怀匡扶之志,胸藏匡扶之才,在《三国演义》的故事中本该荡平天下、澄清宇内,却因为刘禅昏庸造成的"穷",和自己"寿数"的"夭",在五丈原"壮志未酬身先死,长使英雄泪满襟"。在《水浒传》中,虽说众好汉是"逼上梁山",但若林冲娘子那天在岳庙未遇到恶霸高衙内,若宋江在拿到梁山书信和谢金的当晚未遇到一心巴结他的阎婆,则林冲和宋江或许终其一生不会在梁山相见;大而言之,高俅等权奸当道,西门庆等小人横行,却也就是天下好汉之"穷"。一百零八人之外,晁盖若非"夭",理当是众家好汉之首领。《红楼梦》里的女儿们比之三国英雄、水浒好汉,尤其难逃命运的摆布,金钏遭谴自尽,晴雯遭逐病殁,淑静的迎春也不得不嫁给恶棍孙绍祖……《西游记》中的孙悟空虽然神通广大,却也曾因时乖命蹇而多次落泪,沙悟净更是因为一次"失手",从卷帘大将变成了流沙河里的妖怪。当然,《三国演义》也有刘备与关羽、张飞、赵云、诸葛亮"龙虎风云会",以及跃马过檀溪死里逃生的"通",也有黄忠老当益壮的"寿";《水浒传》中林冲若非一场大雪,大概就烧死在草料场了,鲁智深在十字坡时若非张青归店,也遭孙二娘"开剥"做成人肉了,一场大雪和张青归店可以说是这两个大英雄的"通",甚至也可以说是他们的"寿";《红楼梦》中有石头得遇一僧一道、游历富贵繁华之地的"通",有贾母天伦之乐的"寿";《西游记》有孙悟空寻得水帘洞、神仙、金箍棒,勾了生死簿、吃到蟠桃和仙丹的"通",也有唐僧遇难成祥、得成大道的"寿"。从这些随手列举中,我们也可以看到人生中"穷通"变化,真所谓"祸兮福之所倚,福兮祸之所伏"(《老子》第五十八章),而"寿夭"亦非绝对。所以,读这样的经典我们自然会思考人生于世大有无可奈何处,成败论不得英雄,挫折也摧不垮豪杰,人类(至少在达到历史的"自由王国"之前)否定不了命运的存在,而任何命运也否定不了人的高尚、美好与奋斗。

第三个光谱是善恶智愚,即"品性"的光谱。心性呈现于个人,就是品性,人人都有品性,人的品性千差万别。但大而言之,论道德,无非是"善恶"二字;论心思,无非是"智愚"二字。这并不是说每一个人都非善即恶,非智即愚,必以这四个字中两个字的排列组合来形容。因为有的人在"善恶"之中而不在"智愚"之中,比如《西游记》中的蝎子精,她就是坏,谈不到她聪明或蠢笨;有的人在"智愚"之中而不在"善恶"之中,比如《三国演义》中的大将军何进,他就是蠢,与良心、邪念都无关。而且，既然"善恶智愚"是个光谱，那么说到底每个人都处于"不善不恶、不智不愚"的一点，只是比较起来或者善些或者恶些，或者智些或者愚些。"四大名著"写人都是这样写的，就算是蝎子精，也有些情义，然而终究是自私蛮横的；就算是何进，也有些谋算，然而终究是糊涂任性的。刘备是仁厚君子，当然偏于善的一边，但就像鲁迅在《中国小说史略》里说的，这个人物也有"近伪"的时候，特别是在夺西川的事上。诸葛亮是智慧的化身，然而也做过派马谡去守街亭的傻事。有人说《红楼梦》之前的中国小说写人物全都是简单化的，好人就想写得白璧无瑕，坏人就想写得一无是处；其实那些最能广传于世的小说，其创作者都是饱识人间百态、深谙品性光谱之人，断不会那样幼稚拘泥。他们写人，真像经书教导的："爱而知其恶，憎而知其善"（《礼记·曲礼上》），既能见其品性之大端，又能见其品性之微罅，所以这些文学人物才脍炙人口，感动无数读者。当然，《红楼梦》的确是立于前人艺术探索的成就而另开新局，以深情体谅之笔，写"正邪两赋"之人，书中人物的善处、恶处、智处、愚处，都在寻常想望之外，而细思又正在寻常会心之间，正是"远在天边，近在眼前"，不愧为"令世人换新眼目"（《红楼梦》第一回）。我们读经典，正须看到人性的多彩与深邃，生起宽容的明辨、明辨的宽容，即如本书第一章末尾详言之者。

人类处境的光谱,此外还有许多,于此一章实难尽言,也正是我们今后广读天下人文经典时,可以日益丰富地体察、思考的。

终极关怀

名著的大叙事,最深的底蕴便是终极关怀,也就是追求人生、人类的根本意义。终极关怀,是语言难以表达的,如果勉强表达的话,或许可以概括为这两句话:大道为公,天下归仁。

"大道为公",化自《礼记·礼运》中的"大道之行也,天下为公"。孙中山先生平生最爱《礼运》此语,常常题写"天下为公"四字。读名著读到深处,会领悟"为公"确是大道的实行。虽以"世故"的眼光看去,似乎书中的人尽是"为私"或"为家",然而真正有意义的终究还是为公的一念、一行,这是坚固的、欣悦的,那些名利则是过眼云烟一梦中。

"天下归仁"是《论语·颜渊》中的话,"仁"表达的是人与人之间本来应当的关系,是视人如己、心灵交融。读名著读到深处,会领悟这"仁"竟是人人心中皆有的,只是湮没于朝堂、疆场、市井、江湖、宅门、闺阁的纷扰之中,然而就在这纷扰之中，忽然就会闪现，这是书中真正震撼我们的地方，瞬间令那些纷扰失色，或者那些冷酷的纷扰也似乎因这一瞬而有了暖意。

"为公"与"仁"，才是照亮人生的光，也是名著读罢掩卷时心中的甘甜。

读到"为公"与"仁"，是真的读到了大叙事。

常常记得"大道为公，天下归仁"这两句话，天下便无不可读之书。

这本数万字的小书，到这里就写完了。这只是一番推介、一座桥梁，或者说一次远望——在望远镜中看到一些楼阁、一些亭台、一些花木、一些人和事。无数的富丽堂皇、争奇逗巧、清幽热闹，无数的人们和无尽的远方，还在书中等着我们身临其境，发现和交流。

在你出发之前，我还想说"四大名著"不需要我们正襟危坐、恭恭敬敬地读，它们本来是小说、是闲书，是让人"消愁破闷""喷饭供酒"，以及"把此一玩，岂不省了些寿命筋力，就比那谋虚逐妄，却也省了口舌是非之害、腿脚奔忙之苦"的(《红楼梦》第一回)。先获得这四部书的乐趣，才能获得这四部书的伟大。

若再多说一句的话，这"四大名著"也只是一番推介、一座桥梁、一次远望，指向的是灿若星河的中国文学、中国文化和全人类的文学与文化。

书 余

推荐四本"大家小书"

自从晚清的一些学者以严肃态度和近代方法研究中国古典白话文学以来,探讨"四大名著"的书可以说是汗牛充栋,其中大多数笔者都未曾寓目。而在读过的这类书之中,有的读时曲径通幽,读罢获益良多;有的读时味同嚼蜡,甚至不堪终卷。当然,高山仰止的大著作还是很多的。这里的荐书,是为了给读过本书后有兴趣再继续深入"四大名著"堂奥的读者以第一级的台阶,这台阶必须是现在可以迈得上的,也必须是坚实的。"通俗"的书很多,但常常粗制滥造,毫无意思;学术杰作也很多,但常常门风高峻,考证琐细,初学者常难觅径路。因此,我们选择的标准是"大家小书"这四个字。所谓"大家",是说写书的人必是在相关领域长期钻研,而且是在学术界已有定评的学者。所谓"小书",是说篇幅不大,而且是写给多数读者看的,不是专写给同行看的。这四个字借自北京出版社的一套丛书,这里推荐的四本书中也有一本(《西游记漫话》)就在这套丛书之中。"大家小书"的好处,就是其每一页、每一段都凝聚着最聪明的头脑历经多年的考索,都有新意,都有"精气神",不说废话,不说空话,不说外行话;同时,又如话家常,如围炉漫谈,酣畅淋漓,妙趣横生。读这样的书,就像看世界杯的射门集锦,热血沸腾,精彩纷呈,如果是球迷,看过之后自然又会去寻完整的比赛实况来看——读这些"大家小书",可能会成为去读大部头研究专著的一个契机。

按照这个标准,在此选了四本书推荐给读者,正好为"四大名著"中的每部名著选了一本。这四本书也正是本书写作中很多灵感与思路的来历。读者读了这四本书,别的不敢说,至少可以在任何关于"四大名著"的交流中有话可说,而且其言可听。

吕思勉的《三国史话》

其实,《三国史话》主旨不是讲《三国演义》的,而是要讲三国时代历史的。不但如此,而且这本书里对《三国演义》的态度还不大"友好",认为当时多数中国人心中关于三国历史的混乱知识,就是这类小说和戏曲造成的。可是书中也得承认,之所以选了三国这个题材作为向大众,特别是青年人普及历史学的第一步,也是因为三国故事深入人心,那些历史人物和历史事件,大家普遍都熟悉、有兴趣。从这儿能看出两点:第一,虽然《三国演义》这部小说确有不合历史事实的地方,但仍然还是有功于历史知识的传播与历史兴趣的培养的;第二,

《三国演义》这部小说中的主要人物和大情节，还是与历史相符合的。也正因为这样，讲三国历史的这本《三国史话》，也是我们今天读《三国演义》时的一本很有益也很有趣的协同读物，书中分析的虽然都是真实历史人物和真实历史事件，但是多数篇章又恰恰可以读作从一些新颖的角度谈论我们这部小说中的人物与情节。

吕思勉先生是现代一位伟大的历史学家，有许多鸿篇巨制，而于魏晋南北朝历史研究得尤为精深。因此，这本薄薄的小书学术分量是很重的。因为是作为普及读物写的，所以行文又很轻松好读，可以说是举重若轻、深入浅出的杰作。

在小说世界里，最精彩的是激烈的场面、绝妙的细节，而同样的事件在现代史家笔下，却特别能勾勒出大势。我们两相对读，往往越发能体会到《三国演义》这部小说特有的雄浑气势、宏大结构。

比如"十八路诸侯讨董卓"，这是小说中的一大关节，中间热闹情节很多，"温酒斩华雄"和"三英战吕布"的名场面都在这段大故事之中。但这几回书中其实还有些一般读者阅读时不大会留意，却在整部小说中意义颇大的情节，而读过《三国史话》，就容易发现这些情节的光彩了。比如第六回"焚金阙董卓行凶　匿玉玺孙坚背约"中最有戏剧性的情节是孙坚意外得到了代表皇帝权威的传国玉玺，产生了称帝的野心，却遭袁绍得知，两人一番争吵后反目成仇。但在这个情节前后,还有一个曹操孤军追袭董卓、作战失败的故事。曹操的这次战败,单就故事而言,不但不如他败走华容道的惨状有名,即便比起宛城战败的故事来也逊色得多,可是在全书的结构中却不可或缺。我们看吕思勉先生的这一段精彩评说(其中"东方的兵"是指讨伐董卓的联军,"无谋的主帅"则是指董卓):"当时东方的兵,如果能声罪致讨,这种无谋的主帅,这种无纪律的军队,实在是不堪一击的。至多经过一两次战事,就平定了。苦于这些州牧、郡守,都只想占据地盘,保存实力,没有一个肯先进兵。其中只有曹操,到底是有大略的人。他虽然是个散家财起兵,本来并无地盘的,倒立意要成就大事,替义兵(当时称东方讨伐董卓的兵为义兵)画了一个进取之策。诸人都不听,曹操就独自进兵。董卓的兵力是相当强的。合众诸侯的力量以攻之,虽然有余,单靠曹操一个人的力量,自然不够。兵到荥阳,就给董卓的部将徐荣打败。然而曹操的兵虽少,却能力战一天。徐荣以为东诸侯的兵都是如此,也就不敢追赶。"(见《董卓的扰乱》一章)将天下大势这样一分析,曹操这次作战的意义就显豁了,而曹操将来虎踞中原与孙权、刘备三分天下的成就,也于此有了深刻的格局伏线。小说的这一回书中,此时气焰熏天的董卓迁都焚城,而曹操是孤军战败心寒、孙坚是与袁绍因野心决裂、刘备是随公孙瓒北行成为平原令——

这三个在后文情节中最重要的势力，都离开了讨董盟军的大本营；盟主袁绍器量之小已昭然若揭。以小说结构而言，实为神品。若无俯瞰大局的眼光，这个结构之妙是难以体会到的。

《三国演义》这部历史小说虽然有诸多虚构之笔（比如历史中斩华雄的其实是孙坚而不是关羽，讨董卓的诸侯也并没有十八路那么多……至于小说里战场内外的细节更是多数出于文学想象），但其结构气势却深植于真实历史之中，而那些戏剧性情节、热闹场面的宏阔美感与意义空间，又是建立在整部书浑然一体的结构气势之上的。因此，阅读《三国史话》这部纵谈历史风云、评点历史人物的大师之作，会给每一位《三国演义》的读者带来丰盛的乐趣与启发。本书中关于汉末走向四百年战乱的"多米诺骨牌"、赤壁之战的局势这些话题的思考，便是源自这本书。

陈洪、孙勇进的《漫说水浒》

《漫说水浒》可以当作《水浒传》研究领域的专业入门书来读，今天的中文系学生若想研究《水浒传》，今天的读者若想了解专家们如何读《水浒传》，今天的任何人若想了解《水浒传》研究的总体进展，读这本书都很合适。虽说此书撰著于世纪之交，但其综览性与前沿性，历经20余年毫不过时。

此书以八个"话题"为框架，呈现和探讨了

《水浒传》研究中的诸多焦点：《水浒传》的真面目、著作权、素材来源、形成历程，"水浒好汉"到底是怎样的人，尤其是宋江、李逵的形象当如何认识与评说，《水浒传》里的道德观、女性观、政治观、金钱观究竟如何……薄薄一册书，却精彩纷呈，每个话题都谈得既有学术史厚重的积累，又有独出机杼的新意。

比如"水边话题"（即《水浒传》周边的话题）《炊饼与连环马问题》一节，借鉴了马幼垣关于《水浒传》中天气描写的研究等前人成果，又进一步扩展细节论据进行综合论证，揭示了写《水浒传》的人必定于北方很陌生而于南方很熟悉。在随后的一节《八十万禁军教头休书的文化功底》中，又从文字细节和版本知识揭示了最初合编、整理《水浒传》的人绝非饱读诗书的大文人。

《漫说水浒》中尤为精彩的是关于《水浒传》人物与故事的剖析。就以关于李逵形象的研究来说，此书从神话学中的"劫变神学"、心理学中的"本我"、文艺理论中的宣泄功能、喜剧趣味等多个角度进行了阐释，真正将这个经典文学形象的道理说清楚了。

本书得益于《漫说水浒》之处甚多，特别是思考宋江何以成为江湖中"义"的象征，尤其仰赖此书的启发。当然本书关于《水浒传》的论点与《漫说水浒》相反之处也颇多，比如宋江在郓城县是否"廉洁"之类，读者比读两书自见，此不赘言。

王国维的《红楼梦评论》

《红楼梦评论》的题名太过平淡无奇，而《红楼梦评论》的著者又实在如雷贯耳。王国维先生中年之后的古文字学、史学造诣固是震古烁今，而其青年时代的美学研究实在也是宗师风范，至于他的"古今之成大事业、大学问者，必经过三种之境界"（《人间词话》）之说，已融入中华文明的血脉之中。

《红楼梦评论》是他二十多岁时致力美学的代表作之一。"美学"即文艺哲学，《红楼梦评论》开篇即讲"人生及美术之概观"，那正是美学的着眼之处。他当时广译精研海外文史哲论著，又以扎实的旧学功底与之融会贯通，形成交融东西古今的独特美学思考，于是举《红楼梦》为此美学的典范之一，遂有《红楼梦评论》之作。

此书从字数来看真是小书中的小书，或许说是篇文章还恰当些——其最早也的确是发表在《教育世界》杂志的论文。但论其思想之深刻、论述之精奥，又实在是我们推荐的这四本小书中最难读的，何况它是以文言写的——虽然是浅近的文言，而很多外国名词的译法也异于今天。安徽师范大学文学院俞晓红老师曾为《红楼梦评论》做过"笺说"（中华书局2004年版），可作为此书的读本。

选择这本不太好读的"大家小书"也是无奈，

因为如今《红楼梦》的研究分歧太大，互不相容的异说也太纷杂，即便是学界普遍公认的红学权威之间也殊少共识；这样一来，虽然有很多精彩的小书可推荐，但又觉得读者读了哪一本都难免有"一偏之见"，甚至是在别一派看来的险僻之论。若是推荐一本四平八稳、棱角尽去的"综述"呢，又觉太无意味，也有悖于推荐宗旨中的"大家"二字。思来想去，还是王国维先生这本小书，百余年之后读来，其见识依然新意盎然，其艺术眼光与诗心慧性也卓然不凡。《红楼梦评论》讲的是《红楼梦》之"真美"，言简意赅，体大思精，气势如虹，浑然一体。虽不辨后四十回之续作是其瑕疵，但立论有厚积久蕴之风范，治学无牵强怪激之变格，其学术价值可以说是久而弥显。

此书大意是：《红楼梦》写的是生命最根本的悲剧，写到了这个悲剧的最深之处——欲望与世界之间的永恒矛盾，因此这部小说的意义与魅力也必是永恒的。书中先谈人生与艺术的本质，然后从悲剧精神、悲剧美与"解脱"的伦理三个角度，步步递进地披露《红楼梦》之意蕴与妙笔，在"余论"中则讲了《红楼梦》写的也许是一人之经验事迹，然而其美与精神却远超乎一人之经验事迹，拘于"何人何事"的考证是与艺术欣赏难以契合的。这些至今也应该成为我们读《红楼梦》、论《红楼梦》、研《红楼梦》的基础。

当然,《红楼梦评论》之论悲剧太偏依叔本华的哲学,因此于《红楼梦》的坚韧、乐世、游戏反讽,似有忽略,这是我们在今天颇感遗憾的。可是书中在论以艺术为人生忧患的"救济"时,其实是达于此意的。

本书虽用《红楼梦评论》的具体观点不多,但自忖尽力学习了此书之于《红楼梦》哲理和诗意的感知。

林庚的《西游记漫话》

《西游记漫话》一书大抵只谈了《西游记》的两件事:第一,大闹天宫的现实原型是不是农民起义;第二,《西游记》到底是一部什么类型的小说。围绕这两件事,林庚先生旁征博引、新见迭出,又环环相扣、高潮迭起,所以这本书读起来就像侦探小说一样精彩。

书中谈的这两件事是相互勾连的,因为如果大闹天宫写的是农民起义,那么《西游记》就是政治小说,而这么来看整部书的结构就是很失衡的了,取经故事至少应该砍去十之七八才合适——但林庚先生认为这无疑和绝大多数读者阅读的实感全然矛盾,也和《西游记》流传数百年、获得一代代人广泛喜爱的实情悖离。此书卷首的《关于"大闹天宫"的故事情节》这篇文章,就以小说文本为根据,在与先秦古籍中的历史记事和一个俄罗斯古代传说的比较中，有力地反驳了大闹天宫是农民起义的曲折反映这种流行观点。然而，若说大闹天宫并非来自农民起义事迹，那又究竟来自哪里呢？《西游记漫话》以大量的白话小说文献为支撑，雄辩地论证了一个石破天惊的新观点：大闹天宫其实是与"好儿赵正"闹东京、锦毛鼠白玉堂闹东京等"神偷"故事处于同一系列之中的，写的是本领超群的江湖好汉为争美誉、显手段、闯名头，而在万众瞩目之地大闹一场。

发现了这一点，整部《西游记》特别是主人公孙悟空的事迹就立刻一脉贯通了。《西游记漫话》中讲，孙悟空的师父"菩提祖师"其实就是一个"老江湖"形象的神仙化，而孙悟空的很多"神通"也正是神偷技能的夸张，他在取经路上与妖魔作战的方式，常常也是偷得、骗得妖魔手中的法宝。无论是闹天宫，还是保唐僧西天取经，都是孙悟空显手段的舞台，所以普通读者并不会觉得突兀或失望，反而越读越有兴味。取经路上的妖魔还原到人间，多半是拦路抢劫、谋财害命的强盗土匪与恶霸黑店（甚至连"吃人肉"也不都是神话故事中的恐怖想象，《水浒传》中的张青、孙二娘就杀人卖人肉，燕顺则嗜吃人心肝），而孙悟空在取经路上还展现了他的江湖经验与侠义心肠，这比起闹天宫时的形象，尤为丰富、饱满了。取经事业的宏大与神圣，又为这些神魔化之后的江湖故事赋予了新的精神力量，从而超越了《三言二拍》中那些神偷、侠客故事。

所以，《西游记》整体而言就是在形式上神魔化、在精神上神圣化的一个游侠故事。在此之外，《西游记漫话》还发现了《西游记》魅力的两个类型来源。一个是"童话"，虽然明代远无"童话"这个概念，但《西游记》却暗合了童话的诸多要素与特质，处处流露着童趣，这在中国古典文学中可以说是独一无二的天才奇迹。另一个是"喜剧"，或许也可以称为"诙谐小说"，这可能与小说《西游记》的"蓝本"之一是《西游记杂剧》有关系，但主要还是因为小说的创作者有着非凡的幽默感和喜剧精神。总之，江湖游侠故事的内核、取经大业的气势、童话与喜剧的元素，共同铸就了《西游记》这部伟大的小说，这就是《西游记漫话》的大意。

林庚先生是研究古代文学的泰斗，也是中国现代有名的诗人。他最大的学术成就在文学史源流与古典诗歌研究领域，而小说研究的专著很少，这本《西游记漫话》虽说只是其偶一为之的兴致，但也精力灌注、笔笔不苟，又从容淡定、游刃有余，实在是珍贵的大师手笔。唯不暇辨"李卓吾批评本"[①] 是

---

① "李卓吾批评本"是学界对此本的通称，此书明刊本的题名是《李卓吾先生批评西游记》，存世版本中全文不曾出现"李贽"这个名字或明示评点者履历行状的语句。有学者据明末笔记《戏瑕》等，称此评点者实名叶昼，然似亦无确证。林庚先生在《西游记漫话》的《童心说》一篇中，将这个评点者径视为以"卓吾"为号的明代思想家李贽，是颇不严谨的。

否叶昼托名,径写作李贽的评点,似是其微瑕。

《西游记漫话》可谓本书讨论《西游记》的根基,本书"造化会元:《西游记》"一章援引和发挥了此书关于《西游记》小说类型的核心观点,关于《西游记》中"童心与大道的关系"之研究亦肇始于此书研究成果的启发,而正如读者看到的,若无"童心与大道的关系",即无"自由的正—反—合"之论的成立。

"四大名著"的版本
(写给普通读者的极简解说和建议)

同一部书多次出版(手抄也算是广义的出版),其间书页的样式和文字的内容有变化,我们便称之为是这部书的多个版本。古代的出版方式和现代不一样,比如并无清晰的版权概念。尤其是白话小说,许多创作者就或有意或无意地选择了"匿名"。有意的匿名,多是文人士大夫和书商的做法,有些人是伪托古人、名人,有些人是起一个难以猜到究竟是谁的化名;无意的匿名,则是街头说唱艺人等口头创作者们的常态——只要作品能当场挣得到钱就好,不必将自己的名字嵌入作品之中。既然如此,那么任何人都可以理所当然地编辑流通别人的这些小说,而且在编辑的时候还可以全凭自己的意愿和观点进行修改，有的时候简直就是重新创作一遍——仍然是匿名的。与近代以来只有小说家自己才有权利随意修改自己的小说相比较，则古代白话小说的"版本"形态与现代小说有着本质的区别，就不言而喻了。简而言之，任何一部流传较广的古代白话小说都有许多版本，而且版本之间的差异常常很大。

  因此，古代小说的"版本学"是一门大学问，百年来许多优秀的学者做了大量艰苦的研究工作。从专业角度来说，只要是出版者重新制过版，或者在书版上做过改动，哪怕只是一字一画之别，也应该算是另外一个版本，而对于手抄本来说，则任何一个抄本都应该单独算成一个版本。这样一来，版本的数量当然就会极为庞大，版本之间的差异描述起来也会非常琐碎。为此，版本学家发明了另一个概念，即"版本系统"。这个概念运用了遗传学的思维，将源自同一版本，只有种种细节差异的诸版本归为一个版本系统，每个版本系统之中再论版本的流变序列与分支；版本系统之间则一定是差异巨大的。我们在谈古代小说版本的时候常说的"某某本"，多数指的是版本系统，而非具体版本。比如《红楼梦》的"脂评本""程甲本"等，乃至《金瓶梅》的"绣像本""词话本"等，说的都是版本系统之间的并立，像《红楼梦》的"脂评本"这个系统其实就有"戚本""蒙古王府本""列藏本"等许多版本。

我们作为普通读者而非研究古代白话小说史或某一部小说的专家,关于"四大名著"这四部书版本的知识,应该达到大致了解其版本系统情况的程度,也只需达到这个程度。应该达到这个程度,是因为每部书的不同版本系统之间既然差异巨大,则如果只知其一不知其二,就会以为这部书就是这样的、从来是这样的、只能是这样的,这便会发生很多误会,做出很多不合于实际的评论,引起许多毫无必要的争论。只需达到这个程度,是因为一个版本系统中许多版本之间的差别,其实有的只是笔误、错植、残损等纯技术原因造成的,有的只是有些异体字,还有的只是字体、行数、每行字数等书页设计的改变;即便确有少量可探讨的异文(比如《红楼梦》脂评本的诸版本之间就存在这样的情形),也不大会影响普通读者的理解;而且,百年来学者、编辑家们已经将每个版本系统都做了认真的整理,普通读者就算遍读一个版本系统中的每一个版本,所得大概也不会真比读现有的整理成果多什么。

所以,本书关于"四大名著"版本的下述解说,基本是这四部小说版本系统的简介,为的是观其大概,以广见闻,以便参阅,尽量不谈每个系统里具体版本的沿革情况(有些是很复杂的,比如在《三国演义》的明刊本系统中"李卓吾批评本"子系统中还存在"真'评本'"和"伪'评本'"等区分),

望读者鉴之,谅之。

《三国演义》

在"四大名著"中,《三国演义》的版本情况是最简单的,大致来说只有两个版本系统,即明刊本系统和毛评本系统。之所以有这两个系统的区分,就是因为清初文人毛宗岗为这部小说进行了一次大规模的整理、增删、改写,并基于自己整理、增删、改写之后的这个新版写了颇为精彩的批解、点评。毛宗岗的版本回目整饬、文字雅驯,故事节奏也比原来的版本从容舒展,加之他批解点评的思路与样式又正适合当时文童秀才这个读者群体的喜好,所以就流传开来,在坊间迅速力压原来的版本,成为大多数读者心目中的《三国演义》——事实上,就连"三国演义"这个书名也是这个版本首创的,明刊本系统的书名中几乎都有"志"字,其中最有代表性、流传最广的书名是"三国志通俗演义"。人民文学出版社的《三国演义》也是采用的毛评本,但删去了毛宗岗的批解与点评。今天我们在书店、图书馆看到的《三国演义》,以及绝大多数的电子版《三国演义》,无论有无批解、点评,小说的内容都是与毛评本一致的。

毛评本在书前"凡例"中,将其增删、改写时针对的底本或者说靶子称为"俗本",具体指的大概是一个与今世尚有存本但我们难得一见的《李卓吾先生批评三国志》很像的版本。我们今天最易读到的明刊本是所谓"嘉靖壬午本"的《三国志通俗演义》，因其当代有影印本，互联网亦有整理本。影印本目前售价颇昂，卷帙亦多（因字大而稀），且繁体竖排，无现代标点，所以不适合普通读者购阅。感兴趣的读者可在互联网寻标明是"嘉靖壬午本"的整理本一读，领略其与现在通行本即毛评本系统的相异之处，也是一个乐趣。若说这个版本的优点，则是有些语言比毛评本更为生动通俗，另外在叙事上也有简明的好处。但总体来说，读《三国演义》还是当读毛评本。

在明刊本之前，还有元刊本的《全相三国志平话》（"全相"指的是类似今天连环画的样式），但与《三国演义》可以说全然是两部小说，所以不在《三国演义》版本之列。此书文本今天也不难寻到，读者一阅便知。

《水浒传》

《水浒传》版本情况很复杂，胡适在 1929 年曾归纳他当时所见和所知的版本为七种：七十一回本、《征四寇》本（作为七十一回本的"续书"，故事从一百零八人聚义之后讲起）、百十五回本、百十回本、百二十四回本、百回本和百二十回本。这些版本的书名也不尽一致,其中百十五回本和百十回本还是作为《英雄谱:名公批点合刻三国水浒全传》这本书的两种版本各自的一部分存在的。这么多的版本,互相之间连回目数都参差不齐,叙述一样情节时的语句也很不一致,这即便在古代白话小说中也是罕见的。这其实也从侧面表现了这部小说在当时的风靡程度:销量好到书商们纷纷拿自己能获得的书稿去刻版印行。

这么繁乱的现存版本,经过几代学者的悉心研究理出了头绪:从故事情节来分,可以分为三个系统;从叙事语言来分,则可以分为两大系统。

从故事情节来分的三类存世版本系统是:第一,故事到大聚义即结束的版本;第二,故事延续到大聚义之后梁山头领们抗征讨、受招安、征辽国、征方腊、遭倾陷,而无征田虎、征王庆的故事;第三,比第二类又多了梁山头领们征田虎、征王庆的故事。

故事到大聚义即结束的唯一存世版本是金评本,即清初金圣叹评点刊印的"贯华堂第五才子书"版本,也就是前述胡适列的七十一回本。此本"第一回"前另有"楔子"一回,结尾一回标为第七十回,所以有时也称为"七十回本"。金圣叹说,他印的这个小说原文才是施耐庵的"古本"即原著,"第七十回"之后的小说都是后人伪造的。胡适等人曾比较相信他的话,认为明代中期真有那么一个七十回的古本存在,只是实物湮灭了(胡适后来承认金圣叹手中大约并无这么一部古本);鲁迅等人则不相信他的话,说金圣叹是"腰斩"了《水浒传》,七十一回本是"断尾巴蜻蜓"。这个争议至今未能决断。另外,学者们据现存文献进行推理,比较公认《水浒传》应该至少有过两种古本:一种在受招安之后即是征方腊;一种有征田虎、征王庆、征方腊,而无征辽国。但这两个古本现在也都未发现有实物存世。

在胡适列的七种存世版本中,只有百回本是第二类的,百十五回本、百十回本、百二十四回本、百二十回本都是第三类的;《征四寇》本也是第三类的,只是截去了这个版本系统的前七十一回,又将剩余的另起了一个新书名而已。

这三个版本系统的故事情节,在大聚义之前都是一致的。第二类、第三类版本中,抗征讨、受招安的情节,以及征方腊、遭倾陷的情节,互相也都是一致的。但征辽国的故事情节在诸版本之间就有点不大一样,而第三类版本之中征田虎、征王庆的故事,则更是出现了两种迥然不同的情节:百二十回本是一种,别的各本是另一种。幸或不幸,征田虎、征王庆的故事写得就不大好,并且是两种写得都不大好,所以我们也可以不必太在意怎么选择了。

再说从叙事语言来分的两大系统。这在《水浒传》研究中已有定名:简本系统和繁本系统。叙事语言比较单调、仓促的是简本,叙述语言比较生动、细腻的是繁本。更直接更好用的区分方式是:两个版本讲述同一个故事情节的字数如果相差得很多，那么字数多的那个就是繁本，字数少的那个就是简本。鲁迅在《中国小说史略》中举的例子是："风雪山神庙"中，林冲冒雪沽酒的那段情节，繁本比简本的字数多了一倍有余。

这里比较的是"讲述同一个故事情节"的字数，所以，千万莫认为回数多、总篇幅长的就是繁本，须知繁本有人也称为"文繁事简本"，而简本则称为"文简事繁本"。事实上，在胡适所列七种版本中，回数最少的七十一回本恰恰是繁本，此外百回本和百二十回本也属于繁本。《征四寇》本、百十五回本、百十回本、百二十四回本都是简本。这是简单的说法。认真说起来，征辽国、征田虎、征王庆这些故事大概是无"繁本"可言的，所以七十一回本之外的存世"繁本"其实都是"繁简拼合本"，百二十回本尤其是拼合本。

繁本和简本这两个版本系统的由来，学者们也做过大量的研究探讨。现在看来比较合理的解释是：简本的出现大概是因为书商的行为。书商要出图文并茂的版本，为了多放图而又不太增加纸张，只好减少字数，而且文字少了，也适合急于看故事"后来怎样"的许多读者；另外，书商要以"独家新鲜故事"招徕买主，便增添了征辽国、征田虎、征王庆这些故事，此时同样也为了不太增加纸张，又为了新增添的那些文字在风格上别太突兀，于是就也须删改原来的文字。这样就有了简本的《水浒传》。日久天长，人们渐渐以为征辽国、征田虎、征王庆的故事就是《水浒传》中的，再刻印《水浒传》的人也就或多或少留下了这些故事，但这些人中，有文学修养高些的，知道繁本实在是好，于是，有繁本的段落就都用繁本，无繁本的段落则改写或者干脆重写，所以就有了繁简拼合本。

关于征辽国、征田虎、征王庆的故事是后来增添的，胡适还有一个很精彩的论证：梁山一百零八将在这三役之中无一人折损，而征方腊时却死伤了三分之二；征田虎、征王庆时招纳的降将如马灵、乔道清之流在征方腊中又毫无用处。这些都与这样的假设相吻合：简本的制作者在原书的中间凭空增添了新故事，而不敢或无意改变原有的故事，所以在自己增添的故事中只好维持梁山将领的原阵容，并且虽然招纳了降将，也不敢或无意放到原有的故事之中。这也强化了那个"招安之后即征方腊"的古本存在的可能性。

今天我们易见、易买的《水浒传》有三种版本：第一，七十一回本。人民文学出版社在20世纪50年代整理出版的即是此本。近年又有多家出版社出版了有金圣叹批语的这个版本。第二，百回本。人民文学出版社1975年以后出版的普及读本都是此本。第三，百二十回本。上海人民出版社1975年曾整理出版此本，书名为"水浒全传"。这个百二十回本整理本的出版有特殊年代很强的政治色彩，所以当时发行很广，在客观上却也流传和普及了《水浒传》的一个有特色的版本，后来一些出版社也以这次整理的成果为基础出版了百二十回本。这三种版本都是广义的繁本，繁本的艺术水平优于简本，因此普通读者无须再寻简本来读。至于这三种版本之间的选择，还是以百回本为最佳，因为七十一回本少了抗征讨、受招安、征方腊、遭倾陷的故事，至少在今天看来不是完整的《水浒传》，而百二十回本虽又多了征田虎、征王庆的故事，但这两个故事实在不大好看。其实百回本中征辽国的细节（第八十四回至第八十九回）我们若略而不读，也是未为不可的。

（本节中关于《征四寇》本、百十五回本、百十回本、百二十四回本《水浒传》的描述，均据胡适《水浒传新考——百二十回本〈忠义水浒全书〉序》一文）

《西游记》

存世的《西游记》诸版本，大抵都是源于同一版本系统的，其间增删改动的线索都比较清楚。粗略说来，首先清代刊印的版本大多删去了小说中那些描写风景、战斗、人物形貌等的骈辞韵语以及别的一些描写文字，而补写了记叙唐僧身世的一回作为第九回，又将原来的第九回至第十二回这四回合并成了三回,作为第十回到第十二回,这些是最大的变化。其次的变化是修订了第九十九回中"八十难"(因为"阴魔夺经"一难在这个罗列之后)的一些名称,这个修订清代刊印的版本之间也互不一样。再次就是个别词句的修订,这些修订有改得对、改得好的,但是很少,大部分是将原来生动的方言口语给改丢了。综上所述,现存明代刊印的版本远优于现存清代刊印的版本。人民文学出版社的整理本,以及现在我们看到、买到的几乎任何一部《西游记》,都是明刊本系统的,具体来说,是明万历二十年(公元1592年)金陵世德堂刊刻的《新刻出像官板大字西游记》这个版本(学术界通称为"世德堂本"),只是将清刊本中讲唐僧身世的"第九回",放在第八回和第九回之间作为一个"附录",将第九十九回中的"八十难"名称照着比较合于故事实际的清刊本"书业公记本"《新说西游记》(这也是现存清刊本中唯一近于明刊本的版本)做了修改,又根据另一种存世明刊本、参考清刊本,改正了世德堂本中字句讹误的三五处、补齐了世德堂本存书字句残损的地方。毫无疑问,我们今天在图书馆、书店看到的,就是传世最完整的《西游记》,这么完整的《西游记》,清代、民国的绝大多数读者都是无缘读到的,因为当时明刊本只剩残缺的孤本流传于世,读者能买到的几乎都是那些大遭删节的清刊本,即便有幸买到书业公记本的少数读者,读到的也还是一个有缺憾的版本。我们如今可以轻易一览《西游记》全璧，仰赖几代学者孜孜不倦的寻觅、校勘。

坊间也有世德堂本的影印本、一些清刊本的整理本等，这些出版物其实是研究者的资料，普通读者不必专门购读，也并无任何不见于今天通行本的小说情节或细节在其中。

还有一本《四游记》中的《西游记传》，署"杨志和编"，书中的中心人物、通篇结构都与《西游记》一样，有些片段就连字句都一样；但篇幅只有四十一回，叙事粗陋急促，取经途中的具体情节也比《西游记》少了很多，所以学界普遍认为此书不能作为《西游记》的一种版本来看。至于《西游记传》与我们的《西游记》究竟谁先问世，其究竟是《西游记》的"蓝本"，还是《西游记》的"节略"或"妄改"，至今还有争议。无论如何，读过《西游记》的人若不是为了做学术研究，亦无必要再去读《西游记传》。

《红楼梦》

《红楼梦》的版本不像《水浒传》那么复杂纷乱，但在"四大名著"的版本研究领域却是影响最大，争议也最大的。

《红楼梦》的版本可以粗分为两大系统："脂评本"系统和"程本"系统，也称为"《石头记》"系统和"《红楼梦》"系统,或八十回本系统和百二十回本系统,或"抄本"系统和"印本"系统。命名的方式只是约定俗成,不可拘于字面,比如有的抄本连后四十回也抄录了,可是其前八十回的文本大致是"脂评本"系统的,也有的抄本将前八十回也依"程本"进行了涂改,总之情况很复杂。概而言之,"脂评本"、"《石头记》"、八十回本、"抄本",人们从来看作一种未完成或有遗落的版本,而"程本"、"《红楼梦》"、百二十回本、"印本",又有很多人看作一种经过篡改和伪造的版本。细分起来,"脂评本"系统还可以再分为若干系统,"程本"系统则至少分为"程甲本"和"程乙本"两个子系统。但影响和争议根本上还是根源于两个大系统的并存。我们甚至可以将20世纪20年代以来《红楼梦》的读者和研究者也分为两大派:"脂派"和"程派",两派常常是水火不容的。

"脂评本"和"程本"就小说版本而言最大的区别是"脂评本"最多只有前八十回,而"程本"则有一百二十回,比"脂评本"整整多出三分之一。再者,就是前八十回中"程本"有许多字、句、段也和"脂评本"有别,甚至影响到了情节。比如在"程本"中,"赤霞宫神瑛侍者"就是大荒山上的那块大石:"……当年这个石头娲皇未用,自己却也落得逍遥自在,各处去游玩,一日来到警幻仙子处,那仙子知他有些来历,因留他在赤霞宫中,名他为赤霞宫神瑛侍者。"（第一回）可是在"脂评本"中，却并无这些文字。那么，神瑛侍者、石头、贾宝玉，或者还有甄宝玉，之间究竟是什么关系？"脂派"和"程派"的认知当然就不一样了。两大版本系统的回目标题也有不一样的，比如第三回，也就是写"林黛玉进贾府"的那一回，"程本"的回题是"托内兄如海荐西宾　接外孙贾母惜孤女"，而"脂评本"中，"甲戌本"的回题是"金陵城起复贾雨村　荣国府收养林黛玉"，"庚辰本"的回题则是"贾雨村夤缘复旧职　林黛玉抛父进都京"。"程派"觉得"脂评本"的回题比较粗疏不文，可见是早期的未定稿，而"脂派"则说"脂评本"的回题大有深意，"程本"的回题只是自作聪明的妄改。"脂派"常拿来批评"程本"的还有一些文字细节，比如第八回中，林黛玉来到薛宝钗的房中，"脂评本"写的是她"摇摇的走了进来"，"程本"写的则是她"摇摇摆摆的进来"，在"脂派"看来"摇摇摆摆"这个词用在这里简直不堪入目！

　　两大版本系统之争的焦点曾经在于："程本"区别于"脂评本"的那些地方到底是真的像刊印"程本"的程伟元、高鹗宣称的那样，来自诸多珍稀稿本，还是他们两个人自己的手笔？基本上，"程派"认为是前者，"脂派"认为是后者。也有人说即便后四十回是高鹗自己或者和程伟元一起续写的，那也写得好，这或许得算是"程派"中的"别派"。后来又有比较折中的一派，认为程伟元、高鹗确是根据他们辛苦搜集到的稿本进行出版的，只是这稿本却也不是曹雪芹的原著，而是不知什么人写的——所以程伟光、高鹗并未说谎，但"脂评本"也的确才是曹雪芹真本。人民文学出版社自2008年起将《红楼梦》的著作者从"曹雪芹、高鹗"改为"曹雪芹、无名氏"，想来就是采纳了这一派的观点。

这悬而未决的公案，近年也引出了些离奇之说。有人力主所谓"脂评本"根本就是20世纪20年代一些人为了应和胡适的理论而伪造的。有人则称程伟元、高鹗故意毁掉了曹雪芹的原稿而以伪书混淆世人耳目，目的是掩盖宫廷丑闻。还有人连曹雪芹是写《红楼梦》的人都否定了，认为他最多也只是诸多整理、修订者之一。这些观点，以今天已知的事实来说，实在不可能成立。但"脂评本"和"程本"的真相到底如何，也确有许多疑难、矛盾之处，我们大概也只能持"多闻阙疑，慎言其余"（《论语·为政》）的态度了。

人民文学出版社20世纪50年代整理出版《红楼梦》是以"程本"系统中的"程乙本"为主的。"程乙本"长期流传不广，几百年中绝大多数读者读的都是"程甲本"的重刻，但自1927年亚东书局依据胡适手中珍藏的"程乙本"出版《红楼梦》之后，人们意识到这才是"程本"的定本，所以此后半个多世纪皆尊"程乙本"为主流，人民文学出版社最初的整理出版也就这么做了。这个整理本 1980 年还印过一次，但其实当时人民文学出版社以"脂评本"中的"庚辰本"八十回与"程甲本"的后四十回为主重新整理《红楼梦》的工作已悄然展开数年，1982 年再次出版《红楼梦》时，就呈现了这个焕然一新的版本。在现存的"脂评本"中，庚辰本《脂砚斋重评石头记》（又称为"四阅评过本"）不是年代最早的，但却是最可能近于曹雪芹原稿全貌的。至于后四十回舍"乙本"而用"甲本"，或许是因为"乙本"的改动本来就多在前八十回，后四十回两种"程本"区别不大，而且若单就后四十回论，"甲本"文字反优于"乙本"。人民文学出版社后来又修订重版了几次《红楼梦》，但这个"庚辰八十回 + 程甲四十回"的格局沿用至今。这也是迄今最能兼顾这部小说历史原貌、艺术魅力与故事全景的做法了。

现在我们可以购阅的《红楼梦》版本种类很全，而且多个传世版本都既有影印本也有整理重排本。这对于《红楼梦》研究者、爱好者当然是大好事，但对于普通读者特别是初读者却可能徒增了选择时的困惑。何况还有许多种不知何人分别选了数个整理本的片段糅合起来而又都敢在封面自标为"权威本"的书，还有称为恢复"脂评本"原貌，而其实是将甲戌本存世的十六回羼入庚辰本之中而又杂以"戚本"的"混搭脂评本"……当然，读了哪一种，也都是读了《红楼梦》，但我的建议还是选人民文学出版社最新修订的整理本来读,这是最易于一举领略《红楼梦》存世精华的方法。将来若还有兴致,可以寻来甲戌本那十六回(第一至第八回、第十三回至第十六回、第二十五回至第二十八回)读一读,因为那是现存年代最早的稿本(虽然现在存世的只是这个稿本的抄本)。此稿抄本,人民文学出版社2010年也影印出版了。读过这两种本子之后,于《红楼梦》小说文本的阅读其实就可称无憾了!

以上,"四大名著"小说文本的"初级实用版本学"都讲过了,我在这里还想顺便再聊几句"评点本"。前文谈及了"毛评本"《三国演义》、"金评本"《水浒传》、"脂评本"《红楼梦》,这些就小说文本来说是版本名称,而其本来则都是在小说文本之外还有"回批""眉批""夹批"等类文字的书籍,当时称这些文字为"批评"或"批点",我们今天则多称为"评点"。这是明清两代的人进行文学阐释与评论的一大方式。明清的小说,几乎每一部都有评点本,常常还有多种评点本并行于世,以至于后来又有一些"会评本",也就是将多家的评点都印在一本书中。

"五四"之后至今,评点本的"声誉"经历了大落大起。"五四"一代新文学家们以欧美文学为先进,以欧美的文学观为圭臬,所以大都觉得这些夹杂在小说中的议论破坏了小说本身的美感,扰乱了读者的阅读乐趣,就像京剧里的"捡场"之类一样,是旧文艺的落后现象。从那时起的数十年里,文学史研究者以外的新读者都是不读也几乎读不到评点的,因为出版社在出版这些小说无论哪个版本的"新式标点本"时都删去了全部评点,好像"新式标点"与"旧式批点"是"不共戴天"的。当时都默认这样的处理才是便利读者、尊重小说原作的。

这样的情形到了新时期才渐渐有了变化。得益于思想解放和传统文化的复苏,一些学者重新探讨古代的小说评点现象。金圣叹在他评点的《水浒传》卷首写的《读第五才子书法》率先成了研究的一个热点,这篇才气纵横的文章选进多个文学理论史读本、教材,刺激了人们一窥"金批水浒"全貌的兴趣与好奇。1981年出版、1987年再版的《水浒传会评本》是一个意义非凡的业绩,但是当时的购阅者大部分还是专业研究者。90年代有出版社编辑印行了有金圣叹评点原文的《水浒传》新整理本,但似乎印数不多,我自己读中学时曾在同学手中看见过,很想买一套读,可是去书店却未能寻到。也有人选取一些评点文字,再截这些文字所评点的小说段落,单独编辑成一册书出版。这些出版物,和学者们的研究谈论,起到了潜移默化的功用;红学界围绕"脂评本"的争论,特别是刘心武在"百家讲坛"节目演讲其"秦学",也有普及评点本知识的效果。世纪之交以来,评点本成了出版热门,多家出版社都出版了古典小说评点本系列,"毛评本"《三国演义》

和"金评本"《水浒传》现在都很容易买到,总印数估计已超10万册;就连原来不大知名的一些评点本也顺势得到了整理出版。

人们越来越感到,我国古代优秀的小说评点是精彩的、有益的,甚至可以说是先锋的。之前人们看文艺作品,确实不大会即时看到他人的评论,但现在我们看网络小说、论坛微博连载小说,看电子书,多少都会看看别人的评论。而看剧、看综艺时的弹幕,也是一大乐趣来源。至于评点与小说本身的关系,文学革命时形成的认识其实也是有偏颇的。既然我们今天读到的《三国演义》的真正定稿者就是评点者自己,也就是说定稿和评点可以约略看作是同步的,那么评点也可以说本来就是这个小说定稿的构成元素,删去了反而是改了小说的原样。再比如我们读"脂评本"的《红楼梦》时却读不到"脂评",这是不是也实在有点奇怪呢?

当然,读评点本,特别是读到数十上百字的评论时,延缓了读小说也是客观事实,毕竟读书不能像看剧时看弹幕那样一双眼看几样事;再说,就连弹幕的每则篇幅也不该数十上百字。所以,无评点的整理本还是今天初读"四大名著"者最好的选择。可是读那些好的评点本也的确有好处、有意思。我的建议是:读过人民文学出版社"四大名著"整理本和本书推荐的四本"大家小书"之后,"金批水浒""毛批三国""脂评石头记"都可一读。《西游记》的古人评点则先不读也可。

金圣叹评点《水浒传》和毛宗岗评点《三国演义》的好处，一是从全书构架文势着眼，胸有全豹，将数十回、百余回大书只当作一篇文章看，所以评得出其起承转合之力、枢纽接榫之处、伏笔照应之妙，评得出其叙事的大格局、大气势；二是于细微处见精神，深体文学大师写书的技法与慧心，字见字法，句见句法，章见章法，所以评得出其画人、写景、状物之文眼，评得出其叙事的真本领、真丰神。这些评点真可以说是最好的"领读者"，有这些评点伴读，就像时时在走熟的路途发现新的惊喜，心旷神怡，还能学到一些写作的智慧。

当然，两人的评点也有瑕疵，有些地方无话硬说、油嘴滑舌，成了无聊的文字游戏；此外，就像鲁迅批评金圣叹的评点时说的："……经他一批，原作的诚实之处，往往化为笑谈，布局行文，也都被硬拖到八股的作法上。这余荫，就使有一批人，堕入了对于《红楼梦》之类，总在寻求伏线，挑剔破绽的泥塘。"[①] 这里其实批评了三点：第一，评点者过于偏执"因文生事"之论，有时会贬低故事表现社会现实，特别是揭露社会黑暗的意义，好像写小说的人只是为了卖弄奇思妙笔；第二，评点者拿八

---

① 鲁迅：《谈金圣叹》，《鲁迅全集》第4卷，人民文学出版社2005年版，第542页。

股文的技巧强行解释小说的技巧；第三，形成一种在小说的字里行间寻找"暗藏线索"、"言外之意"或"篡改痕迹"的坏风气。我于第二点有异议，但觉得第一点和第三点都批评得很恰当，也是我们读这些点评时须意识到的。我们今天应该清楚，文学艺术都是根源于现实人生经验的，优秀小说中的那些生活细节、人情世故，不可能是哪个"才子"凭空想象出来的，任何文学技法，都是为了表现人生中的"事"，所以"因事生文"才是根本，"因文生事"只是表象。我们也应该清楚，写长篇小说不可能是造谜语，好看的小说也不可能是句句影射诛心、字字暗含深意——真那样的话，这小说可就歪扭到看不得了。至于第二点，钱锺书在《谈艺录》中曾汇集了一些论八股文就文类而言为俗体（即戏曲小说一类）的材料，我读来认为是有道理的，那么金圣叹他们点评小说时，讲的像是"八股的作法"，或许也不尽是"硬拖"吧。

"脂砚斋"的《红楼梦》评点在"领读"的好处之外，还时常透露些小说文本之外的故事，有的是八十回之后的，有的是"弃稿"中的，还有的是当时现实生活中的，无论其有多少真实可信，总也是拓宽了小说的叙事空间，是独特的"复调叙事"，这也是可读的原因之一。

闲话叙毕，我们这就选一版适合自己的书，共同展卷，读或者重读"四大名著"吧！